느슨한 균형

느슨한 균형

느슨한 균형

불안과 기쁨,

슬픔과 행복 사이

삶의 온도를 맞추는 일

쑥 글·그림

위즈덤하우스

기울어진 쪽의 반대 방향으로

이 이야기는

균형을 잡는 이야기입니다.

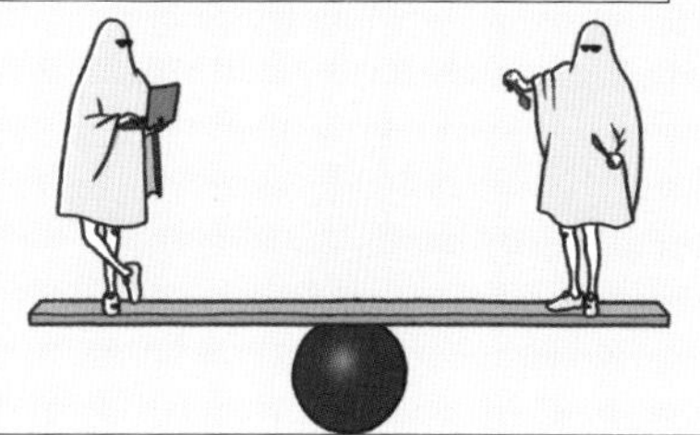
처음으로 '워라밸'이라는 단어를 들었을 때,
어른의 인생이란

일과 삶 사이에서 균형을 잡는 것이구나,
하고 생각했습니다.

그건 아주 일부만 맞는 생각이었습니다.
인생이라는 건

너무 많은 것 사이에서
균형을 잡아야 하는 일이었습니다.

일과 삶,
불안과 권태,

환희와 우울,
외로움과 관계 사이에서요.

한쪽으로 너무 오래 치우쳐 있으면

인생의 시소가
심장을 찌르듯 아팠습니다.

그래서 균형을 잡으려고 애썼습니다.

그런데 균형을 잘 잡는다는 건
대관절 무엇일까요?

균형이라는 건
양쪽을 반으로 뚝 나눈다고
해결되는 일이 아니었습니다.

하루 중 절반은 슬프고
절반은 기쁘면 되는
그런 일이 아니었지요.
그럴 수도 없는 노릇이고요.

나이가 들면서 조금씩 깨닫고 있습니다.

균형을 잡는다는 건
완벽한 상태에 도달하는 일이 아니라,

서로 다른 것들을 안은 채 너무
괴롭지 않게 살아가는 일이라는 걸요.

인생은 늘 나를 치우치게 만들었습니다.

때론 슬픔에 푹 젖어 있고,
때론 행복해도 되나 싶어 불안하고,

성공하고 싶다가도
다 때려치우고 떠나고 싶고,

사람들 품에 폭 안기고 싶다가도
영영 혼자이고 싶었습니다.

마음속에 있는
너무 많은 시소들의 균형을
동시다발적으로 잡아야 한다는 게
가끔은 너무 버겁기도 했습니다.

그래서 이제는
균형을 완벽히 잡기보다는
그저 떨어지지 않으려고
견디고 있습니다.

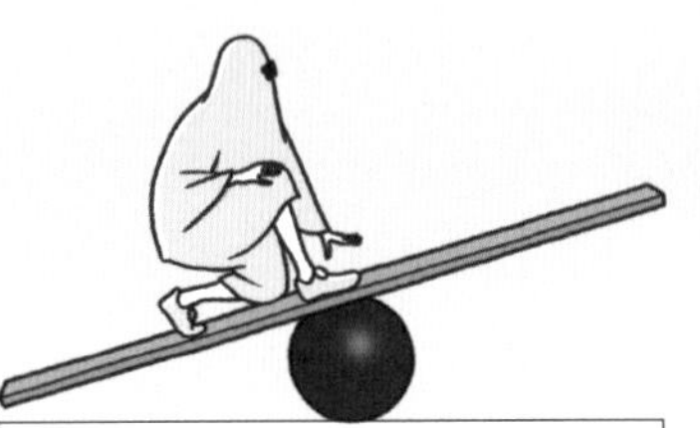
그러고 보니 균형이란
가만히 서 있는 형상이 아니라,
기울어질 때마다
다시 중심을 찾으려는
의지인 것 같습니다.

오늘도 기울어진 쪽의
반대 방향으로 걸어가며

시소 위에 있습니다.
너무 괴롭지는 않습니다.

목차

2장 조금씩 쓸모 있는 쪽으로

3장　완벽하지 않음을 쌓아가기

4장 작고 고요한 힘

1장

나에게 맞는 삶의 온도

전업 작가로 살아보는 중이다.
회사원이었다가

투잡도 해봤다가
또 새로운 형태로 살아가고 있다.

전업 작가.
굉장히 고상해 보이는 이름이지만,
실상은 그렇지 않다.

해리 포터 같은 대작을 쓰지 않는 이상,
'전업專業'으로 내 작업만 할 수는 없다.
생계를 위해 강의도 해야 하고
외주도 받아야 하며 굿즈도 만들어야 한다.

그뿐이랴.
내 작업물은 엉망진창이며
별거 없는 재능으로 작가까지 하고 있다는
불안과 맞서는 것도 중요한 일과 중 하나다.

전업 작가로서 나의 하루는 대체로 이렇다.

햇빛으로 일어난 아침.
옥수수알을 꺼내 차를 끓인다.

창문을 열어 공기를 바꾸고
바깥을 잠시 구경한다.

바쁘게 움직이는 사람들을 보면
내 마음도 덩달아 조급해진다.

작업하는 방으로 가서 컴퓨터를 켠다.
메일에 답장을 하고 아이패드를 켠다.

책을 몇 줄 읽는다. 눈에 들어오지 않는다.

다른 책을 펼친다. 이번엔 몇 장 읽는다.

세 번째 책을 펼쳤다가 30초 만에 덮는다.

이런 독서는 작업에 도움이 되지 않는다는 걸 깨닫는다.

그제야 작업을 하다가,

유튜브를 보다가, 다시 작업을 하다가,
휴대폰을 보다가, 얼결에 작업에 집중한다.

그러다 밥을 먹고,
다시 창밖을 보며 초조해지고,

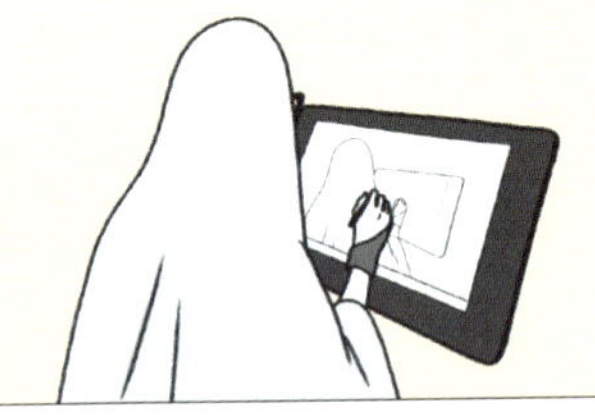

책장을 봤다가, 작업을 했다가,
어느새 밤이 찾아온다.

늦은 저녁을 만들어 먹으면서
은은한 느슨함과 노곤함을 느낀다.

자책감이 느껴지지 않을 때까지
책상 앞에 앉아 있다가
새벽 세 시가 되어 몸을 뉜다.

불안이 함께 침대에 누웠다.

불안을 애써 밀어내는 대신
기꺼이 자리를 내어준다.
불안이 있기에
뭐라도 열심히 할 수 있는 거니까.

너도 고생 많았다.
너 덕에 조금 더 쓰고 그랬어.

그래도 내일은 너무 자주 찾아오지는 마.

잘자. 응, 잘자.

변곡점에 서서

> 어떤 선택을 저지르고 나면
> 모든 게 망해버릴 것만 같다.

> 자신감이 순간 증발된 사람처럼
> 불안에 불안이 꼬리를 문다.

수영을 못하는데
물에 빠진 사람처럼

몇십 년을 허우적대며 살고 있다.
난 언제쯤 유유히 살 수 있을까.

앞으로 헤쳐 나가야 할
산더미 같은 일들이
누운 나의 작은 몸에
돌덩이처럼 얹힌다.

나는 늘 최악까지 생각하니까
감은 눈 속, 미래의 나는
이미 수백 번 망하고
수천 번 불행하다.

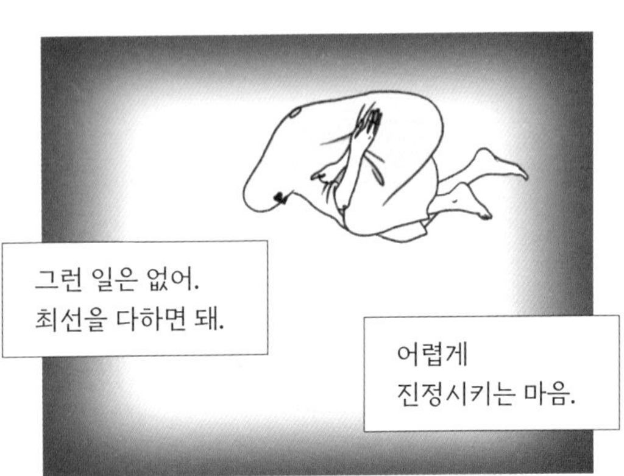

그런 일은 없어.
최선을 다하면 돼.
어렵게
진정시키는 마음.

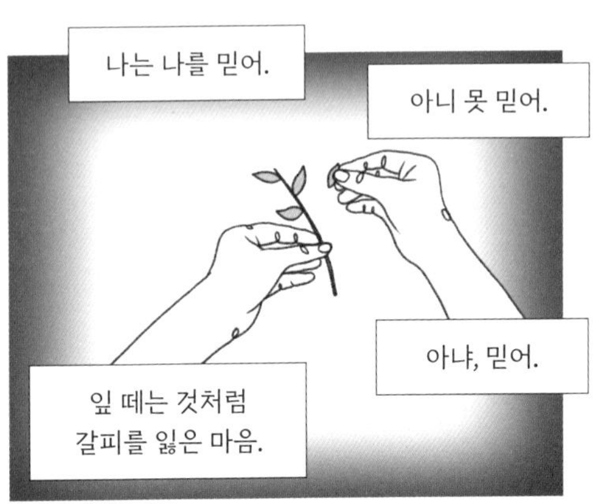

나는 나를 믿어.
아니 못 믿어.
아냐, 믿어.
잎 떼는 것처럼
갈피를 잃은 마음.

휘몰아치는 불안과 고민을 수차례 순환한 뒤에야
나는 조금 정신을 차리고 스스로를 다독일 수 있었다.

망할 수도 있어.
근데 망하면 다른 거 하면 돼.

망하는 건 하나의 일이지,
내가 아니니까.

겁쟁이라고 해서
아무것도 안 할 순 없다.

내 선택을 정답으로 만들자.
정답은 뒤가 아니라 앞에 있다.

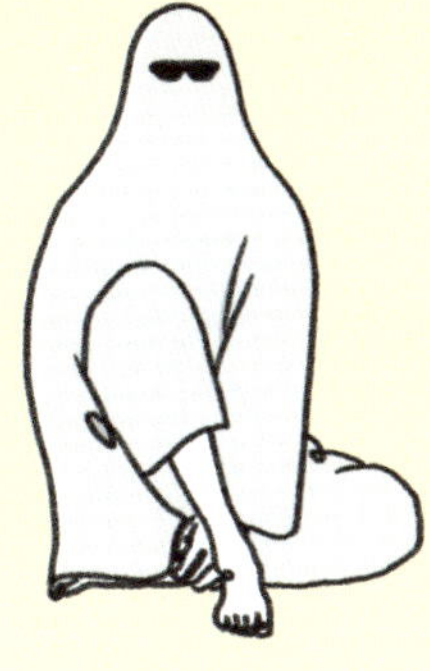

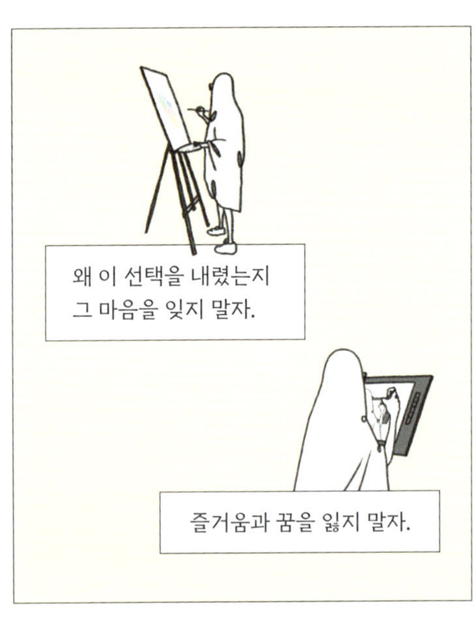

왜 이 선택을 내렸는지
그 마음을 잊지 말자.
즐거움과 꿈을 잃지 말자.

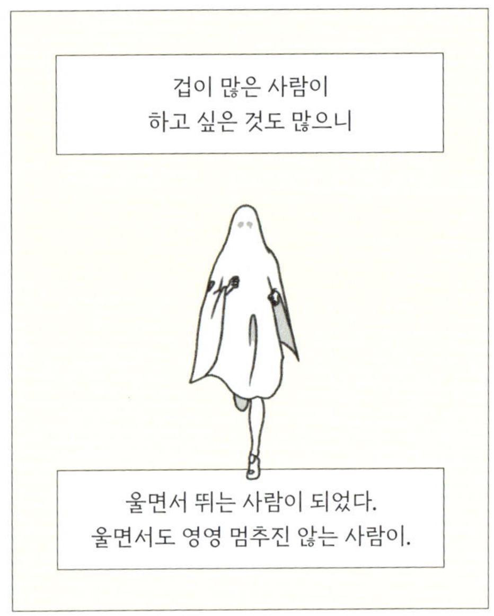

겁이 많은 사람이
하고 싶은 것도 많으니
울면서 뛰는 사람이 되었다.
울면서도 영영 멈추진 않는 사람이.

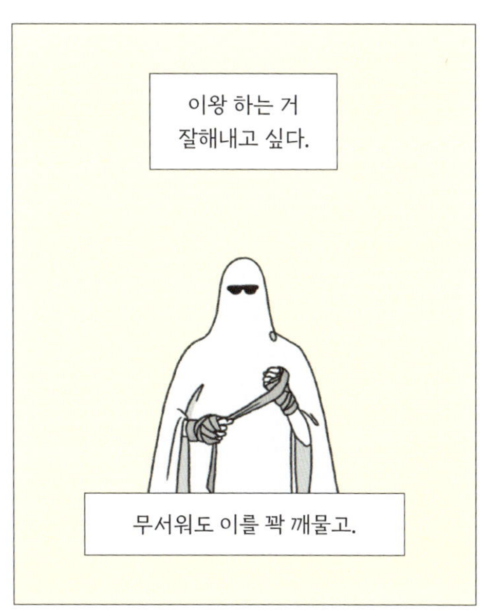

이왕 하는 거
잘해내고 싶다.
무서워도 이를 꽉 깨물고.

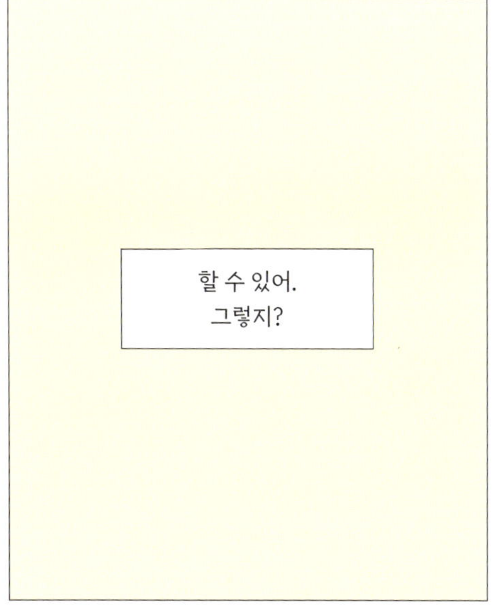

할 수 있어.
그렇지?

프리랜서, 찬란하고 불안한 이름

회사에 다닐 때
출퇴근이 미칠 듯이 싫었는데,
프리랜서에겐 출퇴근이 따로 없으니
자유보다 불안을 훨씬 크게 느낀다.

시간이 엿가락처럼 휘는데
나는 이걸 알아서 굳히고 쪼개서
그럴듯한 모양을 만들어야 한다는 게
굉장한 부담이자 두려움이다.

일도 마찬가지였다. 회사에서는
나에게 일을 좀 그만 줬으면 싶었는데,
새로 온 메일: 0통
이젠 누가 나에게
일을 제발 좀 줬으면 싶다.

일하고 있어도 불안하고
쉬고 있으면 더 불안하다.
아무것도 하지 않는 시간이
너무 시끄럽다.

마음이 소란하다고
아무것도 안 할 순 없다.
회사에선 뭐라고 하는 상사라도 있지만,
여긴 정말 나 혼자뿐이니까.

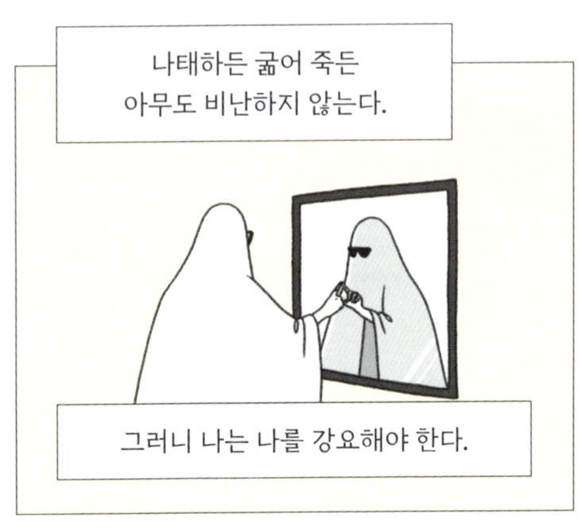
나태하든 굶어 죽든
아무도 비난하지 않는다.
그러니 나는 나를 강요해야 한다.

글을 쓰고
그림을 그린다.

작업이 더디고 외주마저 없으면
작가로서의 계획을 다시금 옮겨 적는다.
각오를 새기듯이.

그리곤 당장 무엇을 할 수 있는지
세세하게 할 일 목록을 짠다.

그럼에도 불안하다.
그럼에도 멈출 수 없다.

그러나 멈추지 않는다.
아직은 멈출 때가 아니다.

얼마나 더 많은 나날을 불안해하고
그럼에도 후회하지 않으며 살 수 있을까.

여보세요? 네, 담당자님.
잘 지내셨죠? …

이제 시작인 초보 프리랜서이지만,
갈 수 있을 때까진 가봐야지.

내가 나를 믿어야지.

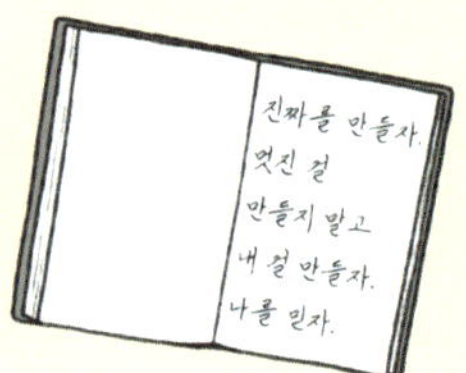

진짜를 만들자.
멋진 걸
만들지 말고
내 걸 만들자.
나를 믿자.

여기까지 온 나를,
지금껏 열심히 살아온 나를,
나를 기꺼이 책임지는 나를.

나는 가끔
도망치고 싶은 마음이 된다.

아침이면 아침대로,
밤이면 밤대로
각자의 이유로 도망치고 싶다.

일하러 가는 길.
아무 책임 없는, 아무 스트레스 없는
어딘가로 도망가고 싶다.

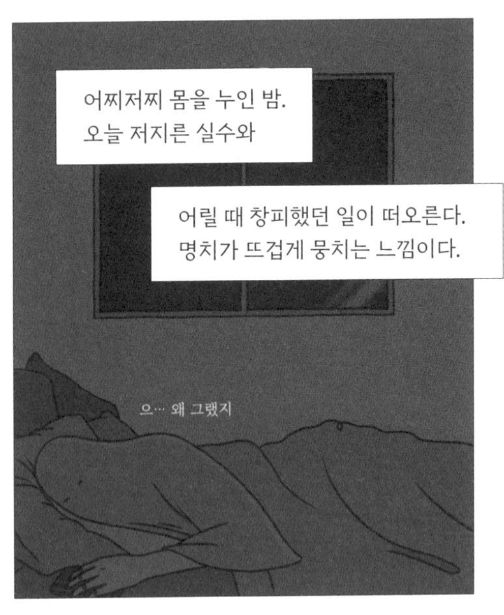
어찌저찌 몸을 누인 밤.
오늘 저지른 실수와
어릴 때 창피했던 일이 떠오른다.
명치가 뜨겁게 뭉치는 느낌이다.
으… 왜 그랬지

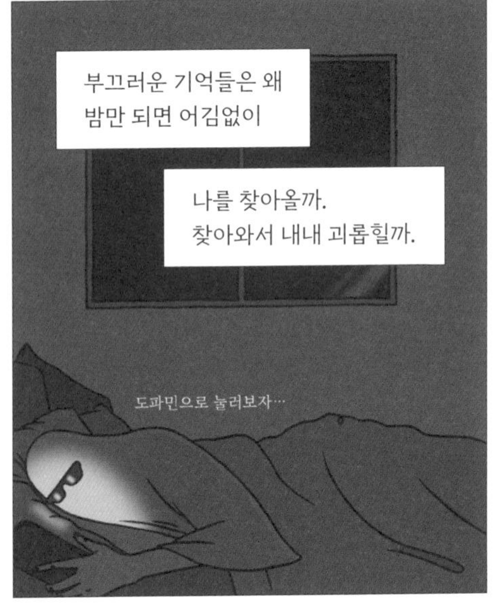
부끄러운 기억들은 왜
밤만 되면 어김없이
나를 찾아올까.
찾아와서 내내 괴롭힐까.
도파민으로 눌러보자…

과오 하나 없는
무결한 사람이 되고 싶다.

하나의 부끄러움 없이,
매일 밤 순환하며 떠오르는 실수들 없이.

아주 새로운 곳에서

아주 새로운 나로
다시 시작하고 싶다.

모든 걸 다시 시작하면
실수 같은 건 하지 않으려나.
그렇게 생각하면
또 그건 아닌 것 같으면서도.

그래도 매 순간 최선이었잖아.
잠이나 자자.
나를 도닥이면
거짓말처럼 다시 오는 아침.

누군가 말했다.
헤맨 만큼 내 땅이라고.
뭐야…
그냥 진짜 땅으로 줘요.

헤맨 만큼 내 땅이었다면
난 대단한 땅 부자였겠지.
헤매도 너무 헤맸으니까.

주변에서 말했다.
'넌 안정 추구형인 것 같았는데
스펙터클하게 살더라.'

음… 그…
제가 의도한 것은 아닙니다….
싫은 것에서 도망치다 보니
이렇게 살고 있을 뿐이에요.

초조한 마음이
자꾸 올라오는 요즘 같은 때는
자주 생을 되돌아본다.
꽤나 정신없는 모양이다.

생각이 많아도 너무 많은 사람.
그래서 고민이 생기면
이천사백구십 번의 고뇌 끝에
눈을 질끈 감고 선택을 내리는 사람이다.

번뇌라는 미지의 세계 속에서
내 정신은 자꾸만 어딘가에 다다랐다.

그것은 벽인 줄 알았던
문이었다.

머물렀던 세계의 문을 닫고
벽이라 믿었던

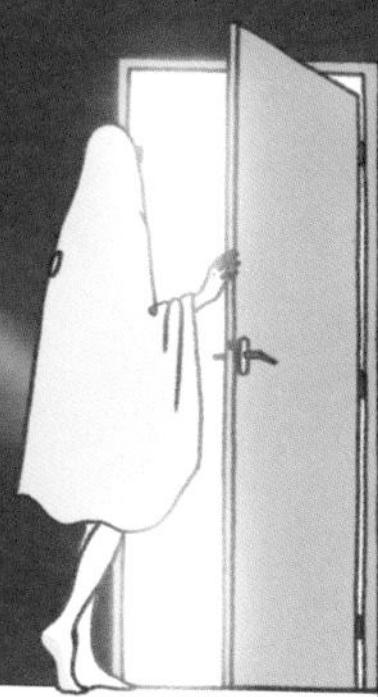

다른 세계의 문을 여는 일.

그런 일은 여전히 두렵지만

이제는 3초쯤 덜 주저하고
그 문을 열고 나갈 수 있다.

헤맨 만큼 내 땅이라면

그것이 비록 내 명의의 부동산 계약서가 아닌
경험의 매콤함이자 생의 달콤함이라면

즐겨야지.
어쩌겠나.

어차피 괴로울 거라면

나는 내가 전업 작가로 살 거라고는 단 한 번도 생각해보지 않았다. 나의 꿈은 자주 바뀌었지만, 그 형태는 언제나 비슷했다. 소속감 있는 곳에 성실하게 몸담는 삶. 그렇다고 평범한 회사원을 꿈꿨던 건 아니다. 비상한 능력과 성실함을 무기로 척척 진급하는 멋진 회사원을 꿈꿨다. 그리고 잠시, 그 꿈의 일부를 이룬 적도 있다.

졸업 후 나는 한 디자인 회사에 입사해 뭐든 내 일인 것처럼 근면 성실히 일하다가 결국 나가떨어졌다. 퇴사 후 그림 에세이 작업을 시작해서 책도 내고 강의도 했지만, 생계가 걱정돼 다시 회사에 들어갔다. 대학 시절 몇 년간 일했던 교수님의 회사였다. 교수님은 작업과 병행하라며 자리를 하나 내주었다. 투잡은 생각보다 할 만했고, 자기 효능감이 중요한 나에게 이 삶은 꽤 괜찮았다. 일이 바빠지기 전까지는.

스스로가 부족하다고 느끼거나 실수로 남에게 피해를 주는 순간, 견디지 못할 정도로 내가 싫어진다. 투잡이라면 1+1을 해서 2를 해내야 하는데, 어느 순간 0.7+0.7만 해서 1.4를 채우는 느낌이 들었다. 회사 일도 겨우 어느 정도만, 작업도 겨우 어느 정도만…. 참기 어려운 한심함이 밀려왔다. 이러려고 두 개의 직업을 가진 게 아니었다. 이렇게 애매하게 살 순 없었다. 다시 결정해야 했다. 어떻게 살 것인지.

어떤 선택을 내리기 전후로 나는 극심한 스트레스를 받는다. 더군다나 퇴사라는 꽤 커다란 선택 앞에서 마음은 더없이 불안했다. 다시 안정적인 벌이 없이 살아갈 수 있을지 확신이 없었다. 망하면 어떡하지, 언젠가 아무도 내 작품을 봐주지 않는데 나를 받아주는 회사도 없으면 어떡하지, 아무런 전문성도 없는 사람이 되면 어떡하지, 나의 남은 인생은 어떡하지…. 불안이 밤낮으로 내 주위를 맴돌았다.

분명 하고 싶은 일은 많고 시간은 없었기에 퇴사를 결심했다. 그런데 막상 퇴사하려니 모든 것이 걱정이었다. 일이 생각보다 잘되지 않으면 창피함보다 더한 절망이 올 것 같다는 걱정이 가장 컸다. 근심이 파도처럼 밀려올 때, 나는 나를 뭍에 두려고 애썼다. 그리고 되뇌었다. '그래도 지금은 하고 싶은 게 많다. 1년 정도만 그렇게 살아볼까? 솔직히 지금껏 열심히 살았잖아. 지금까지 모은 돈으로 하고 싶은 일들을 마음껏 해보자. 지금 내가 뭘 하고 싶은지 정확히 알고 있잖아. 심지어 작가로서 하고 싶은 일이 많잖아. 그저 잘 해낼 수 있을지 모를 뿐이야. 인생은 언제나 권태 아니면 불안이 있잖아. 회사에 있으면 도태되는 것 같아 싫고, 내 작업을 하자니 불안해서 미치겠지. 어떤 쪽이든 괴롭다. 그러니까 한 번쯤 하고 싶은 걸 해보자. 조금은 덜 괴로운 쪽으로 가자.'

나는 그런 쪽으로 걸어보기로 했다. 어차피 괴로울 거라면, 조금은 좋아하는 쪽으로. 🕶

전업 작가로서의 첫 여정과 함께

첫 자취 생활이 시작되었다.

오래도록 바랐던 독립이었다.
어쩌면 작가로서의 삶보다

첫 독립에 더한 기대감을
가지고 있었던 것 같다.

이사 첫날.

짐을 옮겨준 가족들이 모두 떠나고
방에 혼자 남았다.

침대에 홀로 누웠다.

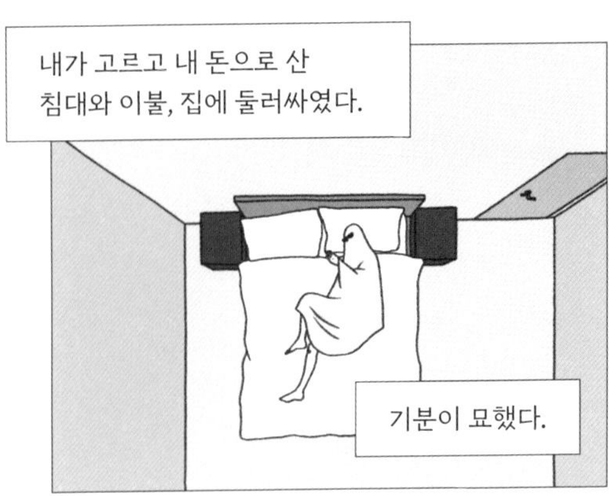

내가 고르고 내 돈으로 산
침대와 이불, 집에 둘러싸였다.
기분이 묘했다.

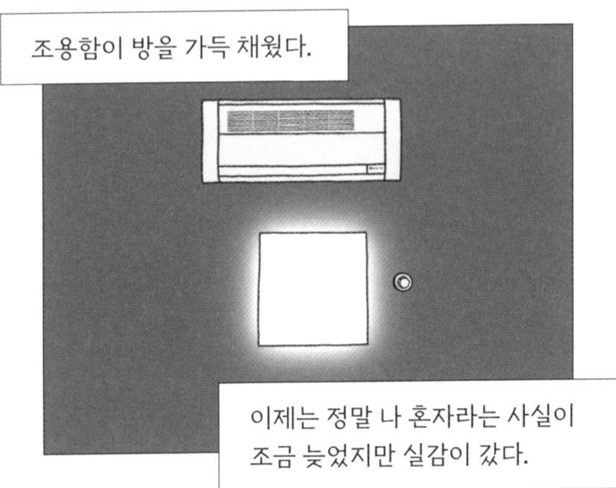

조용함이 방을 가득 채웠다.
이제는 정말 나 혼자라는 사실이
조금 늦었지만 실감이 갔다.

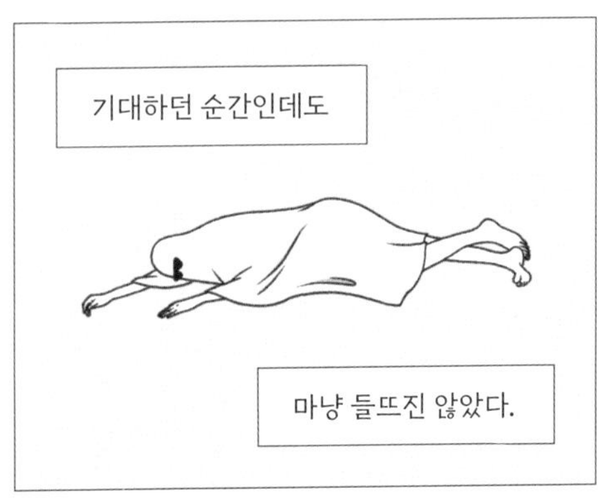

기대하던 순간인데도
마냥 들뜨진 않았다.

이제 이 자리에서

혼자 일하고
혼자 밥을 먹으면서

혼자 모든 걸 결정하고
스스로를 책임져야 했다.

독립은 자유롭다는 인식 때문에
한없이 가벼울 듯하지만
정확한 무게가 있다.

이번 달 관리비가…

월세, 관리비, 식비 같은 것들.

묵직한 자유를 느끼며
처음으로 혼자가 된 방에서

나는 나의 삶을
나대로 살아보기로 했다.

낯선 곳에선 잘 자지 못하는데도
눈이 스르륵 감겼다.

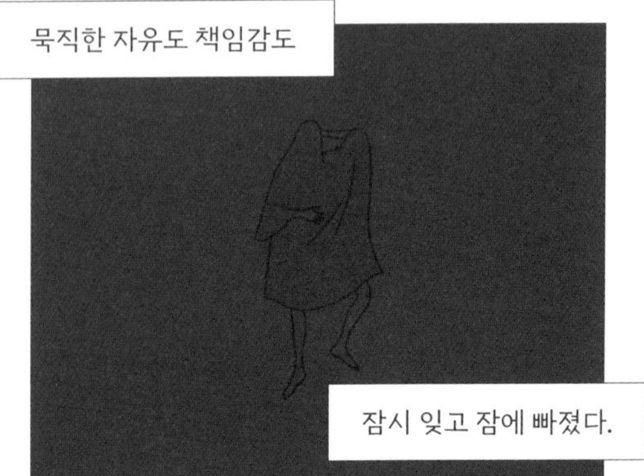

이곳이 이제부터 내 집인 걸
인정하는 것처럼.

묵직한 자유도 책임감도

잠시 잊고 잠에 빠졌다.

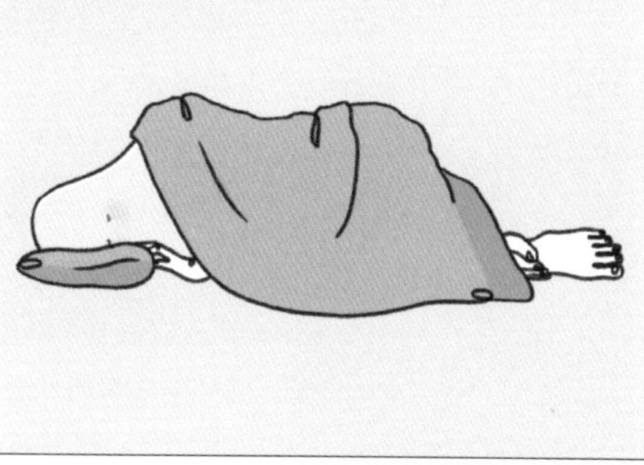

요 며칠은
몸이 안 좋았고

강제로 무언가
출력하지 않는 주말을 보냈다.

무가치해지는 기분과
편안한 기분을 느끼면서
잠에 들다 깨기를 반복했다.

요새는
뭐라도 결과를 내야 한다는
은밀한 강박에 휩싸여 있었다.

맛이 가고 있지만
여전히 착실한 프린터처럼

몸에서 무언가를 꺼냈다.

주위를 살피니
다들 감기니 뭐니, 몸이 안 좋았다.

어딘가 부서지는 건
나뿐만이 아니었다.

어른은 아파도 쉴 수 없다.

그 건조한 사실이
씁쓸하고도 또 어쩔 수 없었다.

기계도 쉬어야 한다.
열이 나면 고장 나므로.

하물며 인간은 어떤가.
우리에게는 쉼이 있어야 한다.

아픈 날과 견디는 날이 있으면
반드시 쉬는 날도 있어야 한다.

그렇지 않으면 영영 고장
나버리므로. 나도 나에게
그런 주말을 허락했다.

토요일은 종일 자고 깼다.

일요일은 가볍게 청소를 하고
도서관에 가서 설렁설렁 책을 보고
산책하듯 장을 봤다.

몸이 가볍게 회복되는 감각이었다.

돌아오는 길에는 꽃을 봤고
열 장 정도 사진을 찍었다.

보송한 빨래를 걷으면서
깊게 회복되어감을 느꼈다.

아프고 좋은
주말이었다.

독립의 가장 좋은 점은

내 공간을 오롯이
통제할 수 있다는 것이다.

내가 원하는 만큼의 조도,
내가 원하는 향,

내가 원하는 모양의 가구와 소품,
내가 원하는 종류의 식사.

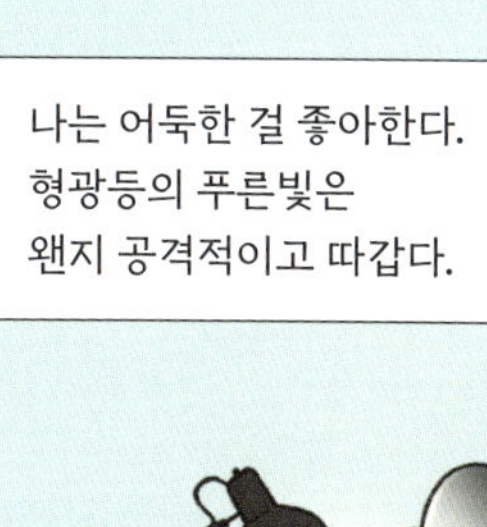

나는 어둑한 걸 좋아한다.
형광등의 푸른빛은
왠지 공격적이고 따갑다.

그래서 무드등만 켜고
지내는 걸 좋아한다.

그걸 이 집에 와서 알게 되었다.
애초에 본가에는 노란빛 무드등이 없었으니까.

이사를 계획하면서 원하던 조명을 사고
새집에 설치하고 나서야 알았다.

어스름한 상태가 주는 편안함이 좋았다.
그뿐이랴.
내가 원하는 향의 섬유유연제로
세탁한 잠옷을 입고 누워 있으면
그 자체로 만족스러웠다.

자취를 시작하고 요리를 본격적으로
하게 되면서 이 만족감은 더욱 커졌다.
내가 원하는 식재료를 직접 골라
내 손으로 요리를 만들고
원하는 시간에 먹을 수 있다는 안락함.

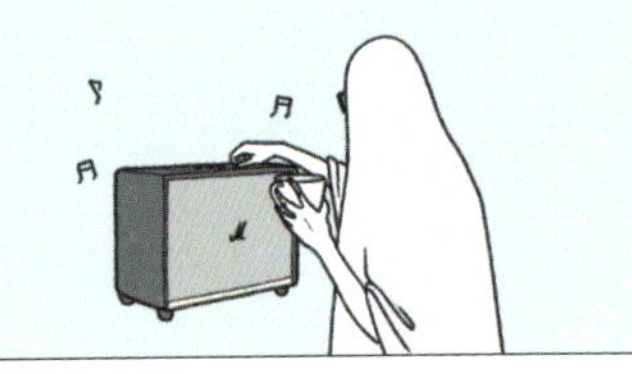

이어폰을 끼지 않고도 음악을 듣고
원하는 만큼 볼륨을 조절할 수 있다니.
오감을 내가 통제할 수 있다는 게
이렇게 멋진 일이라니.

내 취향을 가늠할 수 있는 시간이
생긴다는 말이었다.

어떤 소리와 향에서
비로소 고른 숨을 쉬는 사람인지.

내 취향을 안다는 건
나를 조금 더 잘 돌보게 되는 일이었다.

이 집에서 시간을 보내며
나에게 맞는 삶의 온도를 찾아간다.

요새 가장 많이 보는 문장이 있다.

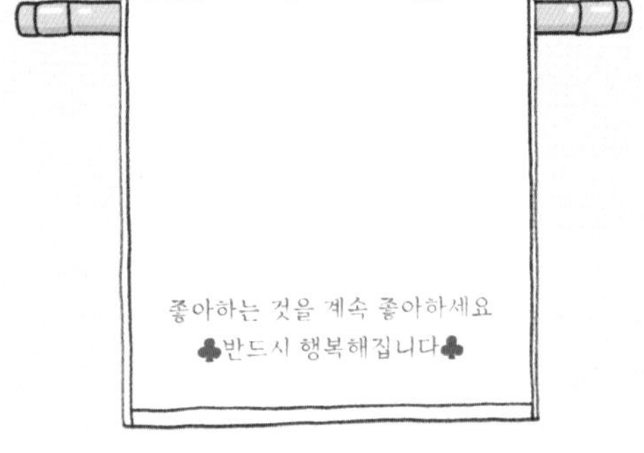

'좋아하는 것을 계속 좋아하세요.
반드시 행복해집니다.'

공저로 참여한《일상이 장르》*의
담당 편집자님께서 선물해주셨는데
이제 써볼까…
뽀얀 수건이 아까워서 아껴두었다가
첫 독립 날 의미 있게 꺼내 걸었다.
* 자음과모음, 2024.

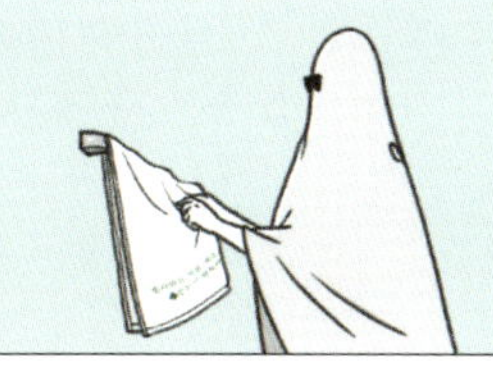

손을 닦을 때마다 읽히는 문장이
'(축) 23.10.17 김혜숙 여사 칠순'이 아니라
'좋아하는 것을 계속 좋아하세요.
반드시 행복해집니다'라니.

좋기도 하면서 많은 생각이 들었다.
좋아하는 것이라….
나는 무엇을 좋아했던가.

내가 징글맞게 좋아한 것은
역시 글과 그림이었다.
삶에서 떼려야 뗄 수 없는 것들.

글과 그림을 사랑하는 마음이 언제고
주변의 환영을 받았던 것은 아니다.
그런 건 대학 가
취미로 해도 충
특히나 학생 때는 부모님과
선생님의 압도적인 우려를 받았다.

좋아하는 마음은
현실 앞에서 수백 번 접히기도
직접 접기도 했다.
역시 난 안 되는구나, 번번이 좌절했다.

그렇지만 역시 재채기와 사랑은 숨길 수 없다.
꿈은 잠시 접혀도 있었고, 탈진하기도 했으나

소멸하지 않은 채 마음속에 있었다.
나는 그것들을 결코 버리지 않고 사랑했다.

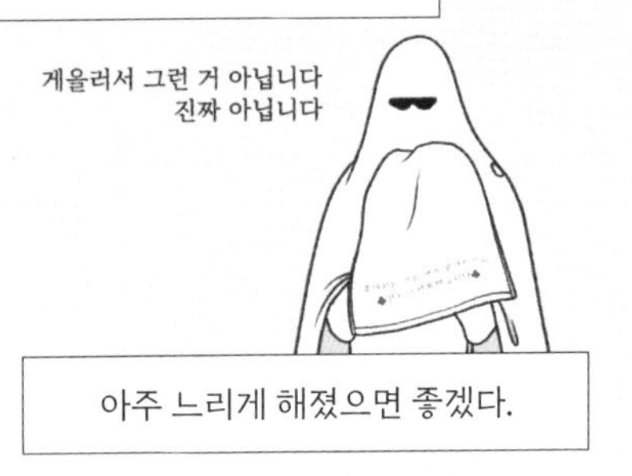

좋아하는 것을 계속 좋아하세요
♣반드시 행복해집니다♣

황홀과 생활 사이

나는 20대 초반까지 언니와 둘이서 한 방을 썼다. 같은 침대에 베개 두 개를 놓고 함께 생활했다. 그러니 나에게는 잠들기 전까지 연인과 통화할 자유도, 혼자 울고 싶을 때 울 수 있는 홀가분함도, 내가 원하는 시간에 알람을 듣고 깰 수 있는 선택권도 없었다. 대학교 기숙사에 붙은 날, 처음으로 그 방에서 벗어났지만 2인 1실이라는 기숙사의 특성상 크게 달라진 것은 없었다. 그러니 나는 언제나 독립을 바랐다. 책장에 내 취향의 책이 가득하고, 내가 원하는 노래를 듣고 싶을 땐 이어폰이 아니라 스피커로 틀어놓고, 엉엉 울고 싶을 때 몰래 눈물을 삼키지 않아도 되는 그런 공간을.

대학을 졸업하고서 다시 본가로 돌아갔다. 취업한 후에도 여전히 본가에 살았다. 돈을 모아야 한다는 이유도 있었지만, 부동산 계약이 두려웠던 이유도 컸다. 나 혼자 집을 보러 다니고, 전문 용어가 빼곡한 계약서에 도장을 찍고, 매달 돈을 낸다니. 나는 성인이지만 아직 그만큼의 어른은 아닌 것 같아서 차일피일 미뤘다. 그러다가 이제야 독립할 명분과 용기가 생긴 것이다. 이제는 전업 작가로 살 것이니 분리된 작업실이 필요하니까.

열 개 정도의 오피스텔을 둘러본 후 마지막으로 본, 가장 마음에 드는 곳을 골랐다. 작업 공간과 휴식 공간이 잘 분리되어 있고, 지은 지 얼마 안 된 깔끔한 집이었다. 첫 독립을 준비하면서 얼마나 설렜는지 모른다. 엑셀 파일에 사고 싶은 가구와 소품, 주방 용품과 침구류의 후보를 정리하는 게 그 당시의 낙이었다. 그렇게 드디어 꿈꾸던 독립 생활이 시작되었다. 나는 황홀감에 젖었다. 내가 직접 고른 그릇이 너무 귀여워서 매일 요리를 하고 사진을 찍었다. 내가 산 이불의 촉감이 너무 구름같이 포근해서 며칠은 얼굴을 파묻고 부볐다. 내가 고른 키보드의 타건감이 너무 예술적이어서 무슨 글이든 썼다.

물론 독립 후의 생활이 만족스럽지만, 매번 황홀한 것은 아니다. 자취는 첫 한 달이 가장 재밌고 그 뒤로는 모든 게 귀찮아진다는 말이 있다. 다행히 나는 조금 더 걸렸다. 세 달이 지나자 공간은 점차 익숙해졌고 생활은 다소 귀찮아졌다. 매일 먹을 음식을 정하고, 장을 보고, 요리하고, 설

거지한 후, 찬장에 넣는 과정을 하루에 두 번은 반복해야 했다. 바닥의 머리카락은 청소를 하고 또 해도 계속 나타났다. 또 요리는 생각보다 쉽게 늘지 않았다. 얼마 전에는 양상추를 자르다가 손가락을 베여서 네 바늘을 꿰맸고, 방금은 갈비찜을 데우면서 이 글을 쓰다가 냄비를 홀랑 태워 먹었다. 역시, 상상 속 낙원은 세상에 없구나.

그럼에도 여전히 이 생활이 즐겁다. 이곳에서 나는 홀로 어떤 선택들을 내리며 어떤 삶의 모양으로 살아갈까. 어떤 실수를 하고 어떤 취향을 알게 되면서, 어떤 인간으로 살게 될까. 알 수 없어서 더 재밌는 것 같다. 그저 좋아하는 것을 계속 좋아하면서 살아가야지. 그럼 반드시 행복해질 테니까. 🕶

창과 방패

신이 있다면 묻고 싶다.

나를 왜 이렇게
모순적인 인간으로 빚었냐고.

‘모순’이라는 단어는
‘창 모矛’와 ‘방패 순盾’을 쓴다는 걸
최근에야 알았다.

왜 내 마음에는
모든 걸 다 뚫는 창과
모든 걸 다 막는 방패가 있어서
이다지도 괴로운지.

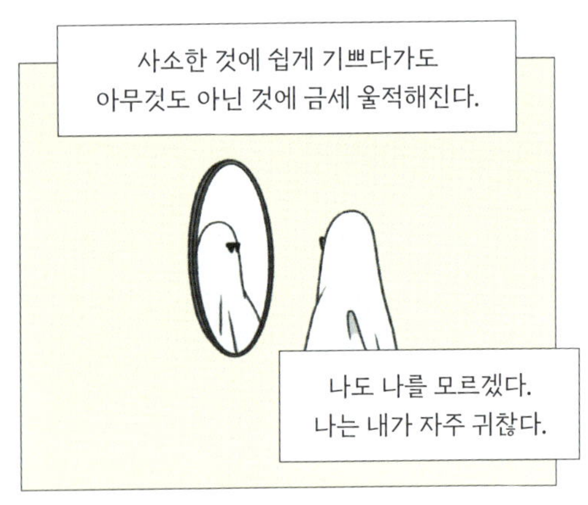

사소한 것에 쉽게 기쁘다가도
아무것도 아닌 것에 금세 울적해진다.
나도 나를 모르겠다.
나는 내가 자주 귀찮다.

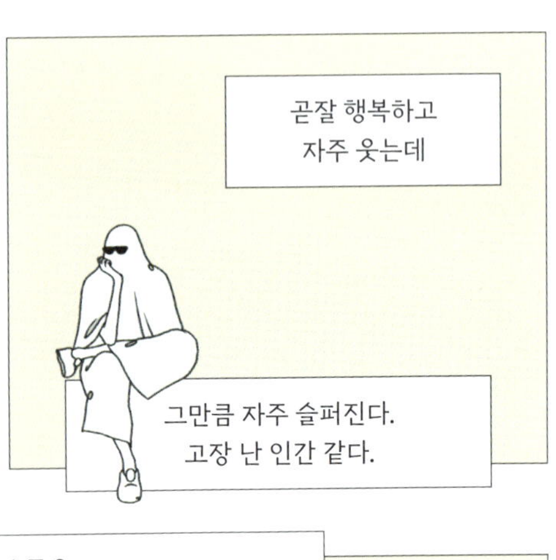

곧잘 행복하고
자주 웃는데
그만큼 자주 슬퍼진다.
고장 난 인간 같다.

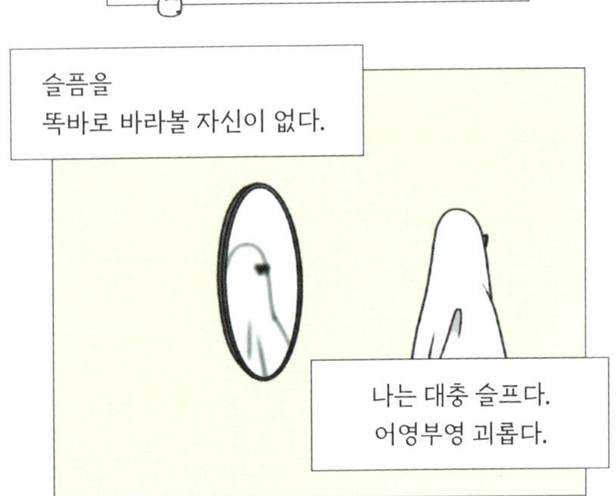

슬픔을
똑바로 바라볼 자신이 없다.
나는 대충 슬프다.
어영부영 괴롭다.

슬픔이 가기를
지루하게 기다린다.

이유 없이 찾아왔듯
이유 없이 떠나니까.

내 글의 원천은 오래도록 우울이었고,
최근에는 우울 없이도
쓸 수 있음을 깨달았는데

이제는 우울이 있으니 글쓰기가 어렵다.
아무것도 하기 싫다.

한참을 누워 있다가
글을 조금 쓴다.

누워만 있는 것보다는
기분이 조금 나은 것 같다.

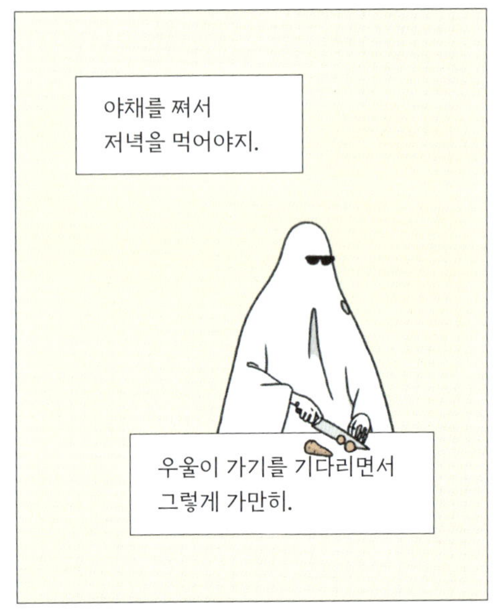

야채를 쪄서
저녁을 먹어야지.

우울이 가기를 기다리면서
그렇게 가만히.

'할 수 있음'과
'할 수 없음' 사이에는

'할 순 있는데 지침'이
있다고 한다.

… 나다.
할 순 있는데

은은하게 지쳐서
일단 생각만 하는 상태.

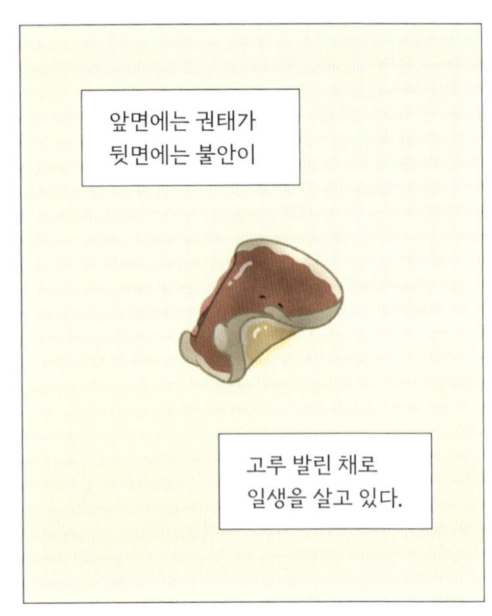

앞면에는 권태가
뒷면에는 불안이

고루 발린 채로
일생을 살고 있다.

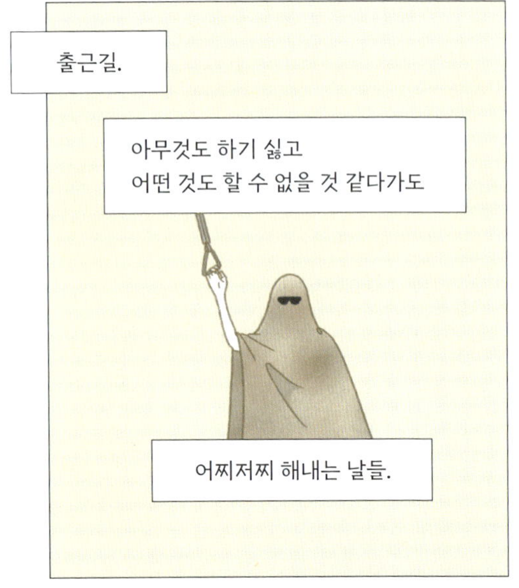

출근길.

아무것도 하기 싫고
어떤 것도 할 수 없을 것 같다가도

어찌저찌 해내는 날들.

할 순 있는데 지침….

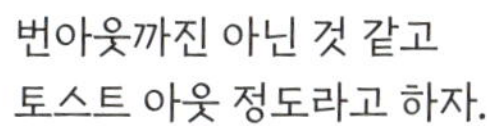

번아웃까진 아닌 것 같고
토스트 아웃 정도라고 하자.
나는 지금 노릇노릇
구수한 토스트….

인생은
권태 아니면 불안이라는데,
나는 권태와 불안을
동시에 느낄 때가 많다.

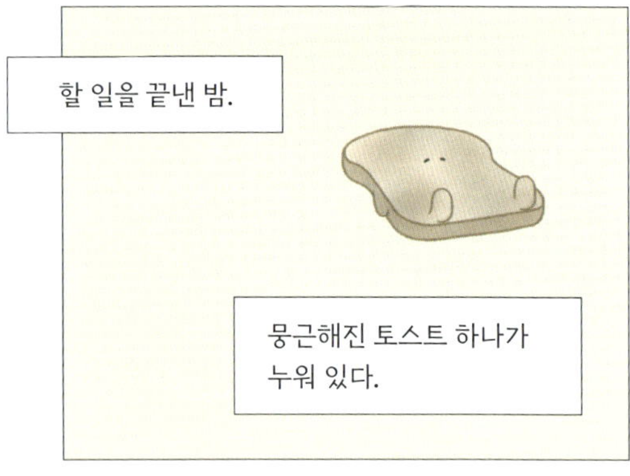

할 일을 끝낸 밤.

뭉근해진 토스트 하나가
누워 있다.

어슴푸레한 충만감과
묘한 쓸쓸함이

몸속 어디론가 스며든다.

내일은
뽀얀 인간일 수 있을까.

괴로움이라는 것은

사로잡힘이다.

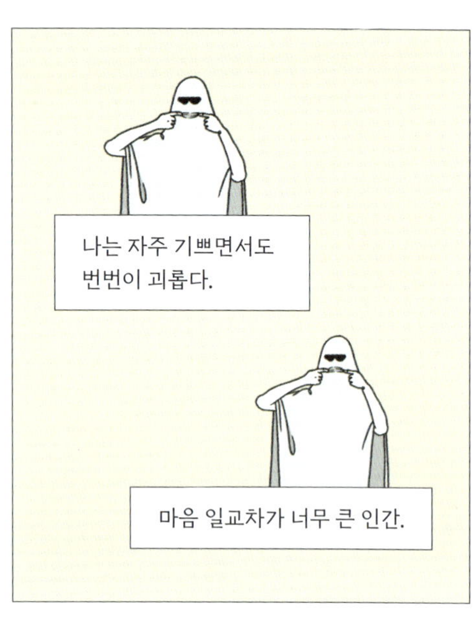

나는 자주 기쁘면서도
번번이 괴롭다.

마음 일교차가 너무 큰 인간.

나는 나에게 수시로 사로잡힌다.

주어진 일을 잘 해내고 싶지만,
내 빈약한 능력을 감각할 때마다
생성되는 괴로움에서 빠져나오기 어렵다.

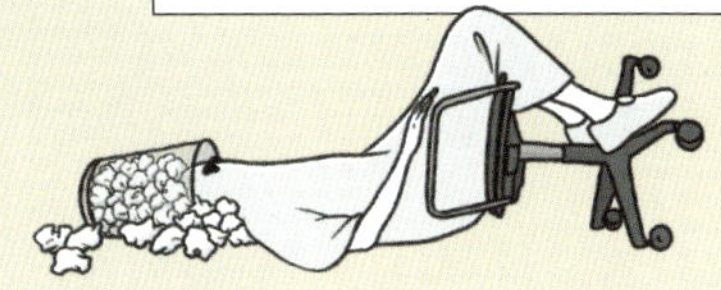
내가 다 망칠 것만 같다.
좋은 기회를 놓치고
주변의 평판을 떨어뜨릴 것 같다.
뭘 그렇게까지 망쳐본 적도 없으면서.

도망치고 싶다.
도망칠 수 없다.
그러니 며칠은 꼬박 불안에 사로잡혀 있는다.
사로잡히는 날은 불가항력적으로 존재한다.

도망치고 싶다.
아니, 생각해보니
도망치고 싶은 게 아니었다.
완벽하게 해내고 싶은 것일 뿐이었다.

그럴 때마다 되뇐다.

애초에 너는 완벽한 적이 없었단다.

그저 대체로 최선을 다했고
그걸 좋아해주는
사람들이 있었을 뿐이야.

불안을 소멸시키는 것은
애당초 불가능하니까.

늘 자신감에 차 있는 것도
되레 위험한 태도겠지.

불안에 잠식당한 날은 그대로 잘 보내준다.
그리고 새로운 날을 맞이한다.

죽이 되든 밥이 되든 부딪혀본다.
내 인생이 통째로 망하기야 하겠냐.
그저 좀 덜 잘되고
더 잘되는 일이 있을 뿐이다.

그것뿐이다.

괴로움은 대체로
불안과 조급에서 나온다.

두려움에 사로잡히면
괴로워질 뿐이다.

너무 오래 사로잡혀 있지만은 말아야겠지.

도망칠 수도 없고
사실은 도망치고 싶은 것도 아니니까.

이 두려움은 잘하고 싶은 간절함을 가진
내 마음속 핵심 감정인
'불안이'의 소행이었으니까.

분주하고 좋은 날이
연속한다.
생경하고 좋은 일이다.

그럼에도 내 안에는
여전히 불안과 부끄러움,
슬픔이 남아 있다.

예전에는
어떤 상태가 되면
불안이 없어질 거라 믿었다.

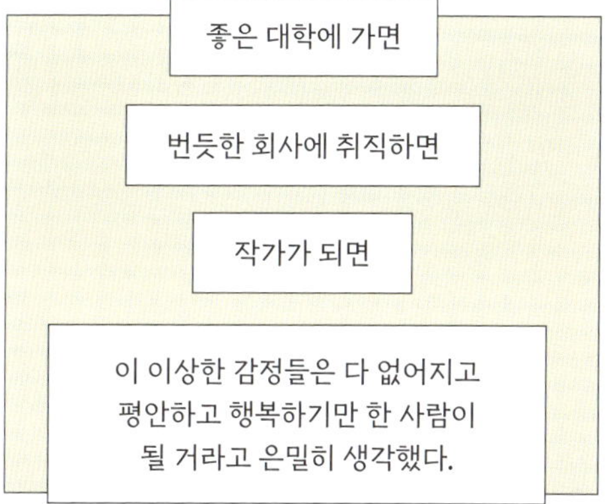
좋은 대학에 가면
번듯한 회사에 취직하면
작가가 되면
이 이상한 감정들은 다 없어지고
평안하고 행복하기만 한 사람이
될 거라고 은밀히 생각했다.

그러나 그런 상태의 도달에도
사라지지 않는 감정들이
선명하게 있었다.
그런 내가 미웠다.

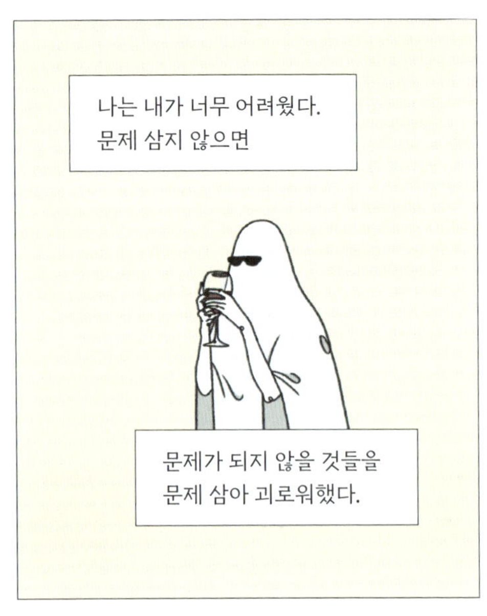

나는 내가 너무 어려웠다.
문제 삼지 않으면

문제가 되지 않을 것들을
문제 삼아 괴로워했다.

괴롭다가 괴롭다가
인정하게 되는 것이다.

슬픔의 소멸에 딱 들어맞는
행복은 없다는 걸.

그들은 공존할 뿐이다.
슬픔에 몰두하는 시간을
기쁨이 살포시 앗아간다.

어떤 상태가 되어도
행복하기만 할 수는 없겠지.
시간과 마음가짐의
차이만 존재할 뿐이겠다.

좋은 날이 연쇄하는 날에는
기꺼이 슬픔에 눈감고
흠뻑 환희한다.
내 안의 기쁨을 만져보며.

풀리지 않는, 순환적 문제

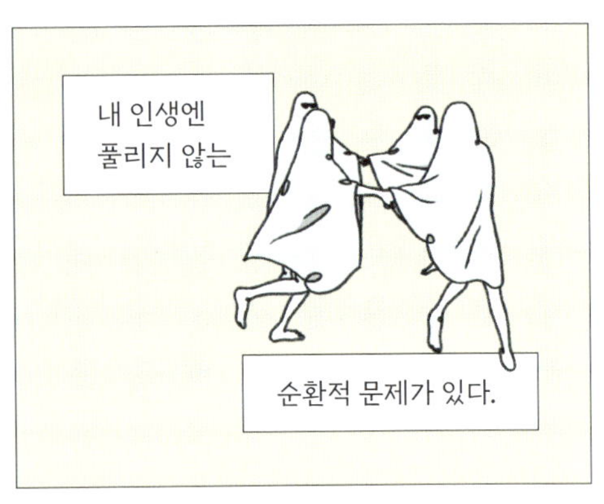

내 인생엔
풀리지 않는
순환적 문제가 있다.

밤에는 잠들기 어렵고,
아침엔 잠 깨기 어려움.
RRRRRRRRR!
으으...

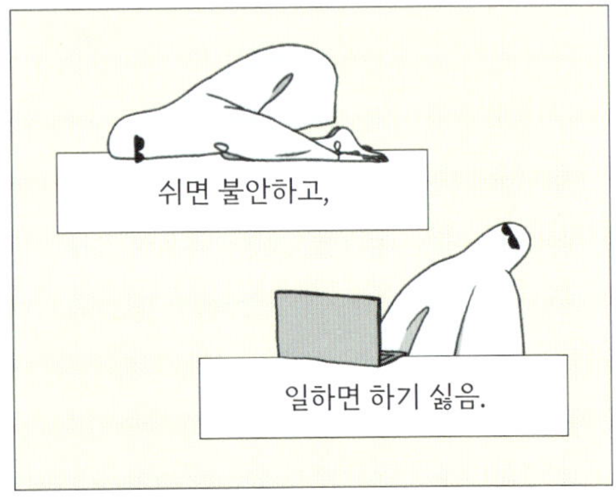

쉬면 불안하고,
일하면 하기 싫음.

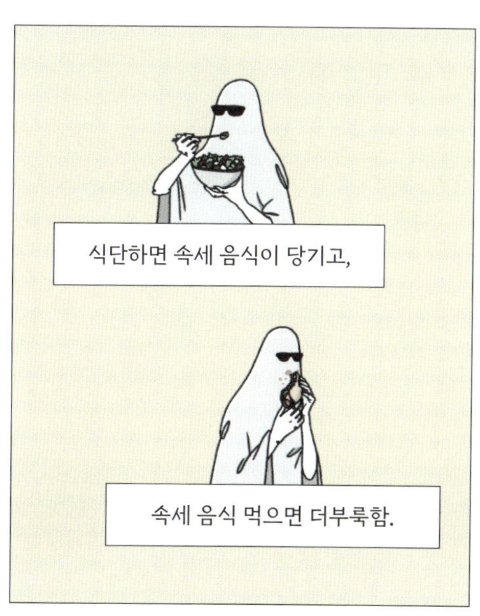

식단하면 속세 음식이 당기고,

속세 음식 먹으면 더부룩함.

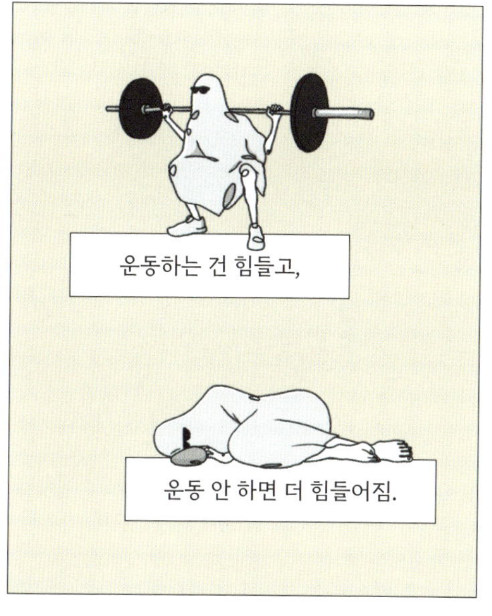

운동하는 건 힘들고,

운동 안 하면 더 힘들어짐.

사람은 어렵고,
사랑은 고됨.

행복은 가깝고,
불행도 가까움.

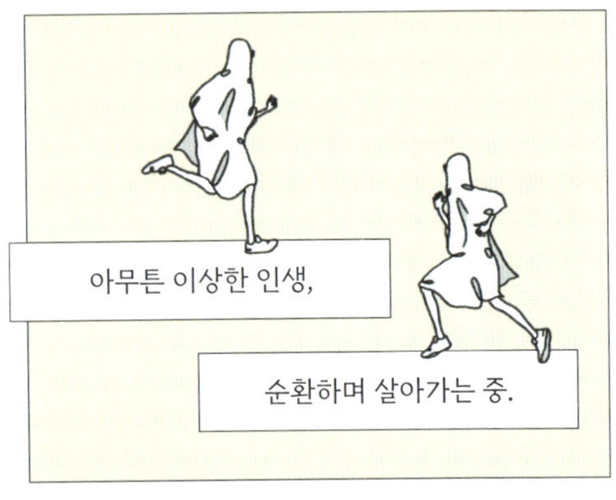

아무튼 이상한 인생,
순환하며 살아가는 중.

창과 방패를 함께 쥔 채로

모순적인 인간으로 사는 일은 생각보다 훨씬 바쁘다. 마음 안에서 양극단에 있는 개념들이 자신의 목소리를 힘껏 내기 때문이다. 기쁨과 울적함이 각자의 자리에서 웃고 울며, 권태와 불안이 각자의 자리에서 몸을 늘어뜨리고 떨고 있으며, 잘 해내고 싶은 마음과 도망치고 싶은 마음이 낑낑거리며 줄다리기를 한다. 마음은 한순간도 가만히 있지 못한다. 별것도 안 했는데 하루가 다 지나간 것 같은 피로가 몰려온다.

나는 오랫동안 이 모순을 해결하고 싶었다. 열정과 회피가 공존하는 성격, 행복과 불안을 동시에 느끼는 감정 상태가 모두 미성숙의 증거처럼 보였다. 사람은 분명해야 한다고, 적어도 스스로에게만큼은 일관되어야 한다고 믿었다. 그래서 늘 마음속에서 재판이 열렸다. 왜 이렇게 생각이 많냐고, 왜 하나를 끝까지 밀고 가지 못하냐고, 왜 이렇게 자주 흔들리냐고. 나는 나에게 가장 엄격한 심문관이었다.

오랜 바람과 다르게 모순이 사라진 적은 단 한 번도 없었다. 아무리 생각을 정리하고, 마음을 단순하게 만들려고 애써도 결과는 비슷했다. 며칠은 마음이 잠잠하더라도 조금만 지나면 다시 시끄러웠다. 삶이 어느 정도 안정되면 모순도 함께 잠잠해질 거라 믿었지만, 성취를 거머쥐어도 불안은 남아 있었다. 여전히 희열과 초조가 마음에 공존했다. 모순은 상황의 문제가 아니라, 살아 있는 한 계속해서 몸 안에서 발생하는 반응에 가까운 것이었다.

모순은 대단한 생각에서 시작되지 않는다. 아주 사소한 장면에서 먼저 모습을 드러낸다. 아침에 눈을 뜨자마자 오늘은 아무것도 하지 않고 싶다고 생각하면서도, 동시에 이러다 하루를 또 허투루 흘려보내는 건 아닐지 걱정한다. 약속을 잡아두면 귀찮아지고, 막상 약속이 없으면 하루가 허전해진다. 혼자 있고 싶다가도, 오래 혼자 있으면 괜히 마음이 가라앉는다.

어떤 날은 일을 미루고 싶어서 계속 딴짓을 하다가, 아무것도 해내지 못한 자신을 못마땅해한다. 열심히 살고 싶다는 생각과 대충 살고 싶다는 마음이 같은 날 나타난다. 서로 다른 두 가지 생각은 각자의 자리에서 정말로 진실하다. 이렇게 마음은 늘 반대 방향으로 동시에 활동한다. 진자 운동을 하듯 두 마음을 왕복하다 보면 하루가 끝나 있다. 모순은 그렇게 일상에 스며든다. 특별한 사건이 없어도, 특별히 괴롭지 않아도, 우리는 늘 그런 마음을 안고 산다.

모순이 가장 선명해지는 순간은 무언가를 막 끝냈을 때다. 일을 마친 밤, 침대에 누우면 묘한 감정이 동시에 밀려온다. 해냈다는 후련함과 최선을 다하지 못한 것 같다는 후회. 충분히 애쓴 것 같다가도, 더 잘할 수 있었던 장면들이 줄줄이 떠오른다. 그럴 때 나는 늘 이상하다고 생각했다. 이렇게 노력하고도 왜 만족하지 못할까. 그런데 이제는 안다. 해방감과 아쉬움은 같은 시간에 존재할 수 있다는 걸. 끝이라는 것은 늘 두 개의 감정을 동시에 데려온다는 걸.

모순을 없애려 애쓸수록, 삶은 더 뻣뻣해졌다. 감정을 정리하겠다는 명목으로 잘라내고 눌러 담았지만, 그렇게 할수록 마음은 다른 틈으로 새어 나왔다. 불안은 사라지지 않고 그 모양만 바뀠고, 슬픔은 이유 없이 찾아왔다. 그제야 조금 알 것 같았다. 모순은 제거 대상이 아니라, 관리 대상이라는 것을. 완전히 이해하거나 해결할 수는 없지만, 같이 살아갈 수는 있다는 것을.

요즘은 나를 설명하는 하나의 조건으로 모순을 받아들이려고 한다. 나는 행복하면서도 슬픔을 가진 사람이고, 귀찮아하다가도 열정을 쏟는 사람이며, 잘하고 싶으면서도 두려워서 자주 멈칫하는 사람이다. 이 문장들은 서로 충돌하지만, 동시에 나를 정확히 가리킨다. 두 문장이 함께 있어야 겨우 진짜 나를 설명할 수 있다.

모순을 인정한다고 해서 삶이 갑자기 수월해지는 건 아니다. 여전히 흔들리고, 여전히 번민한다. 다만 예전처럼 스스로를 고장 난 인간 취급하지는 않는다. 왜 이렇게 사느냐고 묻기보다, 이렇게도 살 수 있지 하고 넘긴다. 그 차이는 크다. 자신에게 관대해지면, 결국 에너지를 조금 덜 소모하게 된다.

생각해보면, 모순은 인간이 유연하다는 증거이기도 하다. 하나의 방향으로만 굳어 있었다면 우리는 변화하지 못했을 것이다. 망설임이 있기에 신중해지고, 불안이 있기에 대비하고, 권태가 있기에 새로운 것을 상상한다. 모순은 나를 괴롭히지만, 동시에 나를 움직이게 한다. 멈추지 않게 한다.

그래서 이제는 이런 마음으로 살아보려 한다. 모순을 해결하려 들지 않고, 조율하며 지내는 삶.

오늘은 조금 더 나아가고, 내일은 조금 더 물러
나도 괜찮은 삶. 잘되는 날에는 기꺼이 기뻐하
고, 불안한 날에는 그런 날도 있다고 인정하는
삶. 창과 방패를 동시에 쥔 채로, 그것들이 녹슬
지 않게 자주 마른 걸레로 닦아내는 삶. 🕶

조금씩 쓸모 있는 쪽으로

바쁩니다.
기쁘면서
슬픕니다.

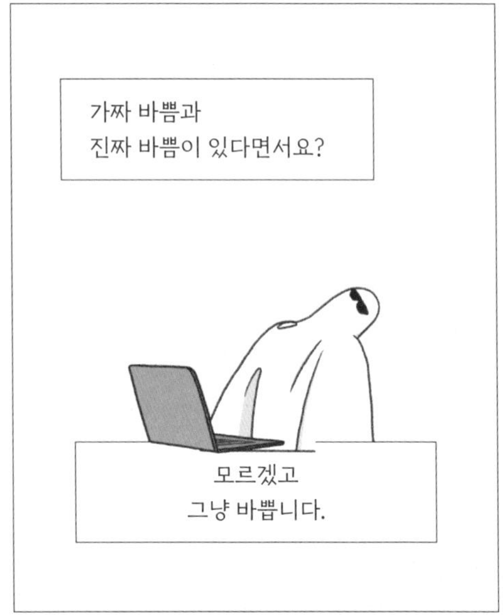
가짜 바쁨과
진짜 바쁨이 있다면서요?
모르겠고
그냥 바쁩니다.

"7월에 바쁜 거 끝난다며?
8월엔 끝나?"
모르겠습니다.
아마 이 삶이 끝날 때쯤 끝나지 않을까요?

그러니까 프리랜서로서
바쁜 건 정말 좋은 일인데요.
가끔은 너무 형식적으로 일하는 듯해
괜한 자괴감이 듭니다.

언제나 마음을 다할 수 없다는 건 알지만,
바쁘면 바쁠수록 걱정이 됩니다.
내 안에 있는 것들을 반복적으로
꺼내 쓰고 있는 건 아닌가 해서요.

자꾸만 삶에 쉼표를 찍고 싶으면서도
그것이 쉼표가 아니라

잠시만요.

온점이 되어버릴까 봐,
무엇도 손 놓지 못한 채
마음만 불편합니다.

멈추면 끝일 것 같습니다.
이 불안은 다스리기 어렵습니다.

주어진 기회를 하나도 빠짐없이
주워 들고 뛰어가고 싶습니다.

뭐든 잘해내고 싶습니다.
나를 필요로 하는 사람이 있을 때,
나를 증명해내고 싶습니다.

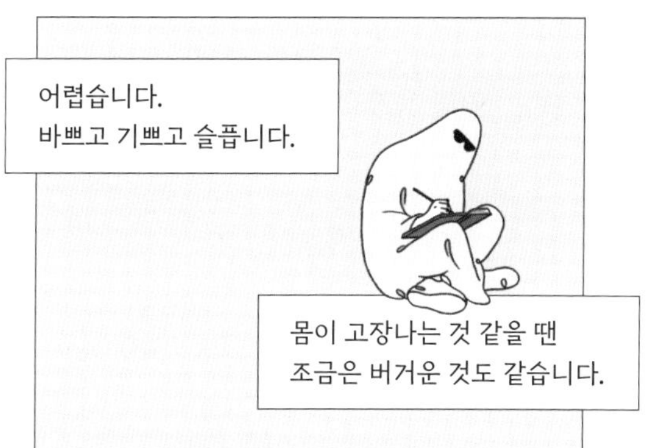

어렵습니다.
바쁘고 기쁘고 슬픕니다.
몸이 고장나는 것 같을 땐
조금은 버거운 것도 같습니다.

어찌할 바를 모르는 채로
목전에 다가온 일을 쳐냅니다.
다들 이렇게 살겠지,
다들 힘들겠지, 하면서요.

나는 관성에 취약한 사람이고
누움의 관성에는
더욱이 무르다.
오늘은 망했으니
내일은 뭐라도 해보자고
낯익은 다짐을 한다.

...
죄악감의 부스러기를 털어내려고
침대의 박애에서 멀어져본다.

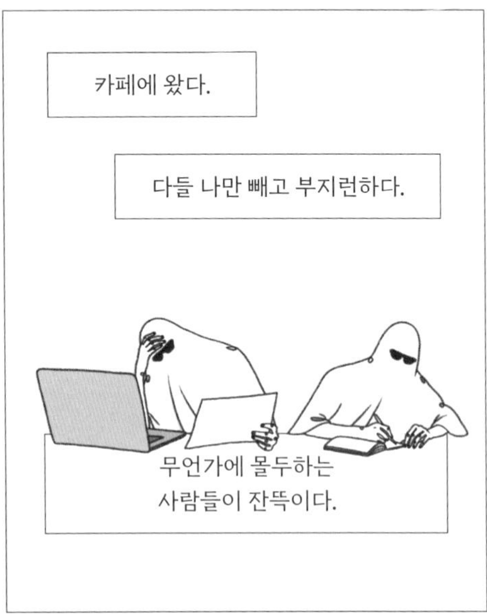

카페에 왔다.
다들 나만 빼고 부지런하다.
무언가에 몰두하는
사람들이 잔뜩이다.

냉장고 한편에 방치된
곪은 양파 한 알을 치우는 마음으로
책도 읽고
글도 쓴다.

나는 정말 관성에 약해서

책을 읽기 시작하면 줄곧 읽을 수
있게 되고, 글을 쓰기 시작하면
줄곧 쓸 수 있게 된다.

한번 누우면 계속 누워 있을 수 있는 것처럼.

그럼에도 긴 몰두는 어려워서
글 쓰다 영상을 보다
책을 읽다 카톡을 하는

정신없는 사람이
되어버리기도 하지만.

작업을 끝내고
산책하러 가는 길.

걸음의 관성이 발휘되어
한 시간을 넘게 걷는다.

마음먹자마자 바로 움직이는 사람이 되면
참 좋겠다는 생각을 버릇처럼 한다.

그렇지만 침대는
너무 따뜻하고

지나치게 다정해서
어쩔 수가 없다고 되뇐다.

침대에서는 관성이나 중력 같은 게 너무 강력하게 작용한다고.

그 힘에 순순히 따르는 것뿐이라고.

나는 곧장 강력한 힘을 가진, 폭닥한 침대로 향한다.

아무래도 침대의 장력이 더 강한가 보다.

이렇게 사는 게 맞는 건가,

하는 질문을 언제쯤
끊어낼 수 있을까.

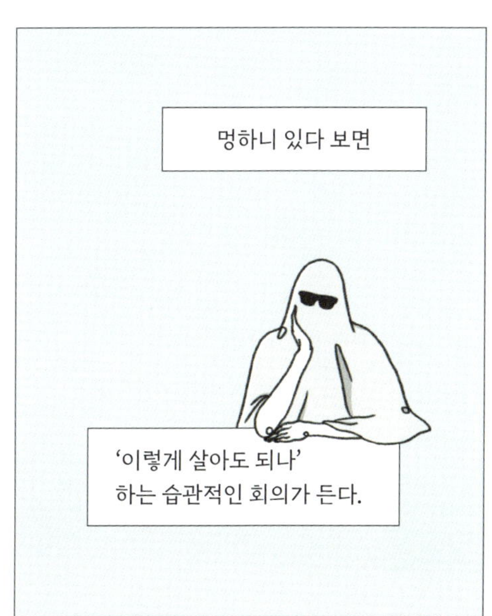
멍하니 있다 보면
'이렇게 살아도 되나'
하는 습관적인 회의가 든다.

벗어날 수 없는 삶의 궤도에
이미 올랐는데도
가끔은 모든 것을 리셋하고
다시 시작하고 싶은 마음이 된다.

왜 이렇게 간헐적으로
조급하고 불확실한 마음이 될까.
이렇게 마음이 덜거덕거릴 때
조금은 후련해지는 법을
나는 최근에야 찾았다.

1. 맛있는 걸 산다.
2. 노트북 앞에 앉는다.
3. 여행 프로그램을 튼다.
4. 다양한 삶을 편안하게 구경하며 먹는다.

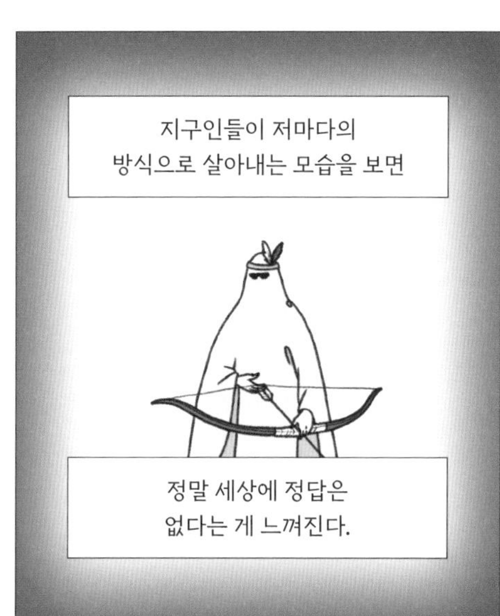

지구인들이 저마다의
방식으로 살아내는 모습을 보면

정말 세상에 정답은
없다는 게 느껴진다.

나는 얼마나 좁은 우물 안에서

주변만 견주며 살았나.

우리는 우주의 먼지다.

지구별에 잠깐 머무는
귀여운 우주 먼지.

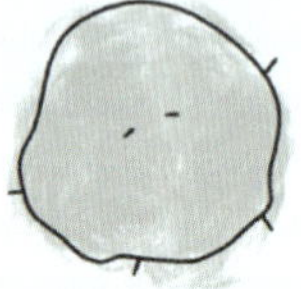

어떻게 살아야 한다는
답은 없겠지.

그냥 어떻게든 살면 된다.
어떻게든, 내 마음 편하게.

우주 먼지처럼 귀엽고 자유롭게.

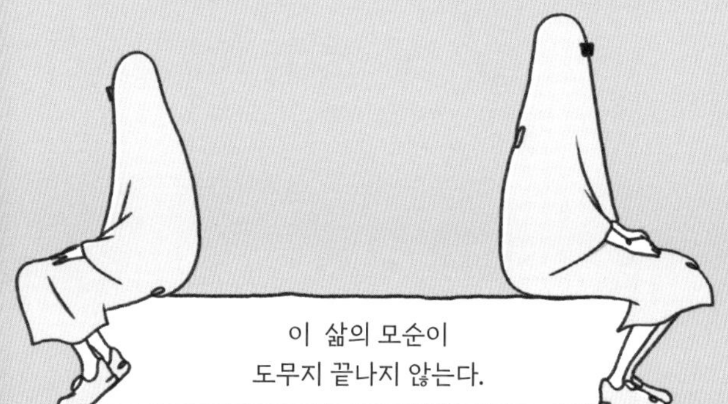
이 삶의 모순이
도무지 끝나지 않는다.

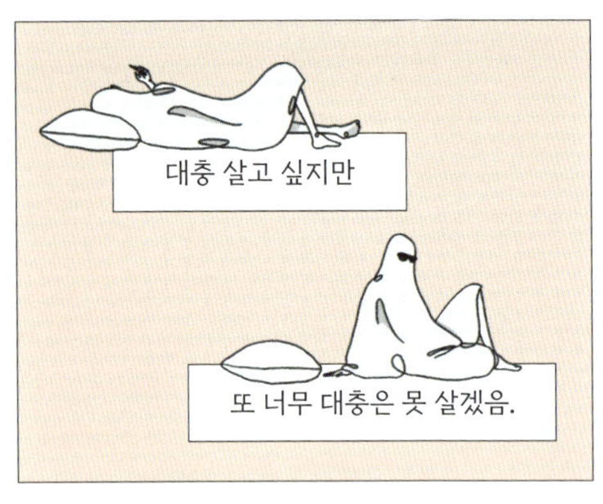

대충 살고 싶지만
또 너무 대충은 못 살겠음.

나도 내가 싫지만
누가 나 욕하는 건 못 참음.

행복하고 싶지만
불행한 상상을 하게 됨.

관심이 좋지만
관심이 부담스럽기도 함.

관리해서 멋지게 살고 싶다가도
다 부질없고 편하게 살고 싶음.

열심히 살고 싶다가도
다 놓아버리고 싶음.

언제부터 내 삶이
이렇게 망했는지 생각하다가

이 정도면 나쁘지 않게
사는 것 같다고 생각함.

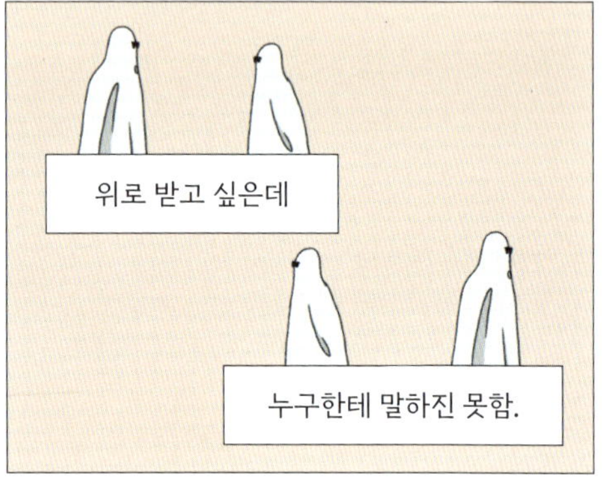

위로 받고 싶은데

누구한테 말하진 못함.

오늘도 멈추지 않는
빙글뱅글 인생.

쉬는 법을 배우지 못한 사람

바쁘면 바쁜 대로 괴롭고, 쉬면 쉬는 대로 괴롭다. 정리해보자면 내 삶은 끊임없이 괴로운 상태다. 이상하지. 바쁜 거야 그렇다고 치더라도, 쉬는 건 도대체 왜 괴로운 건지. 아무것도 하지 않는 시간을 견디지 못할 때가 있다. 나만 도태되고 있는 것 같은 감각, 잘하는 게 아무것도 없어진 기분, 머무르는 게 아니라 야금야금 추락하고 있는 느낌…. 나도 나를 모르겠다. 바쁠 때는 그토록 휴식을 바라면서 막상 여유로워지면 이건 이것대로 불쾌하다.

오늘은 늦잠을 잤다. 본가에서 나와 독립을 하고 회사도 다니지 않으니 아무도 나를 깨우지 않는다. 해가 중천에 뜬 10시 30분이 되어서야 허리가 아파서 일어났다. 오래 잤으니 몸이라도 개운할 것 같지만 딱히 그렇지 않다. 다른 사람들은 진작 일어나 일하고 있을 시간이라 생각하니 남들보다 뒤처진 기분이 들어 아침부터 다소 우울했다. 작업을 하려고 컴퓨터 앞에 앉았다. 자꾸만 휴대폰을 본다. 내가 이렇게까지 집중력이 없는 사람이었나, 자괴감이 든다. 이대로 쓸모없는 인간으로 전락해버릴 것만 같은 아찔한 생각에 더 집중이 안됐다.

지난 달에는 되레 늦잠을 못 잤다. 그때도 독립한 프리랜서라는 건 똑같았는데. 오히려 새벽까지 일하고도 아침 일찍 깨어났을 때가 많았다. 온라인으로 달력을 판매했는데, 한꺼번에 출고를 하려다 보니 포장할 게 산더미였다. 먼지가 폴폴 날리는 작업실에 홀로 앉아 박스에 테이프를 붙이고 있으면 퍼런 화면의 태블릿이 '어서 그림 작업도 해야 한다'면서 나를 지켜보는 것 같았다. 괴로웠다. '이 일만 끝나 봐라. 끝내주게 쉬어야지….' 택배를 다 출고한 다음 날에도 나는 또 불안에 휩싸였다. 바쁜 일을 다 끝내도 하루를 넘기지 않고 불안해졌다. 그래, 나는 또 끝내주게 쉬지 못하고 이번 달을 맞이한 것이다.

책상 앞에 앉았다가 일어나고, 앉았다가 또 일어났다. 시간이 남았는데도 마음은 자꾸 모서리에 걸렸다. 쉬는 법을 배우지 못한 사람에게는 '쉴 땐 쉬어야 한다'는 말이 '쉬어'가 아니라 '할 일이 없다니 무능하군'으로 들린다. 이유 모를 조급함을 잠재우려 몸을 젖혀서 의자에 기댔다. 책상 위에 내가 만들었던 달력이 보인다. 1월의 문장은 '비움은 채움의 가능성이므로'다. 비어 있다는 건 무엇으로든 채울 수 있다는 의미인데, 정작 저 문장을 쓴 나는 잘 비우고 있나 싶었다. 찬웃음이 났다.

긴 숨을 내쉬었다. 그 문장이 틀린 말은 아니라는 걸 안다. 다만 지금의 나는 '가능성'보다 '텅 빈 울림'에 먼저 흔들렸을 뿐이다. 달력 위 문장을 여러 번 훑어본다. 언젠가의 내가 미래의 나를 위해 남겨둔 온기 같아서. 비어 있는 시간이 곧 무능은 아니다. 아직 익숙하지 않은 자리일 뿐이다. 나는 창문을 열어 공기를 바꾼다. 차가운 숨결이 들어오고, 마음의 결도 한 바닥 가라앉는다. 오늘은 무리하지 않기로 한다. 물을 끓여 차를 마시고, 책상 위 먼지를 닦고, 글을 조금 쓴다. 끝내주게 쉬지는 못 해도, 나를 다그치지 않는 하루. 오늘은 그 정도면 충분하다. 👓

나이와 성공 여부에 상관없이

도전한다는 건
정말 멋진 일이다.

나이가 들면서 조금씩
잃기 싫은 자존심이 생긴다.
남들에게 알려지는 실패가
몹시 창피하다.

창피를 각오하는 일은
결코 쉽지 않다.
그럼에도 도전한다는 건
숭고하다.

사람은 누구나 실패를 한다.
노력해도 안 되는 순간은
꽤 자주 찾아온다.

그럼에도 불구하고
일단 도전하는 것.
목표를 향해 애써보는 것.
이 행위는 그 자체로 훌륭하다.

그 노력의 끝이
성공이 아니더라도
역시 실패라 부를 수 없다.
성장과 경험의 과정일 뿐이다.

부끄러움을 견디는 일,
부족함을 돌아보는 일.
그 일을 통해 나는 굳건해진다.

성공하지 않아도 좋다.
이미 성취한 것은 한가득이니.
몸을 부딪쳐 얻은 가치가
이다지도 깊으니.

창피함을 잘 이겨내는
어른이 되고 싶다.
그래야만 오래오래
성장할 것 같다.

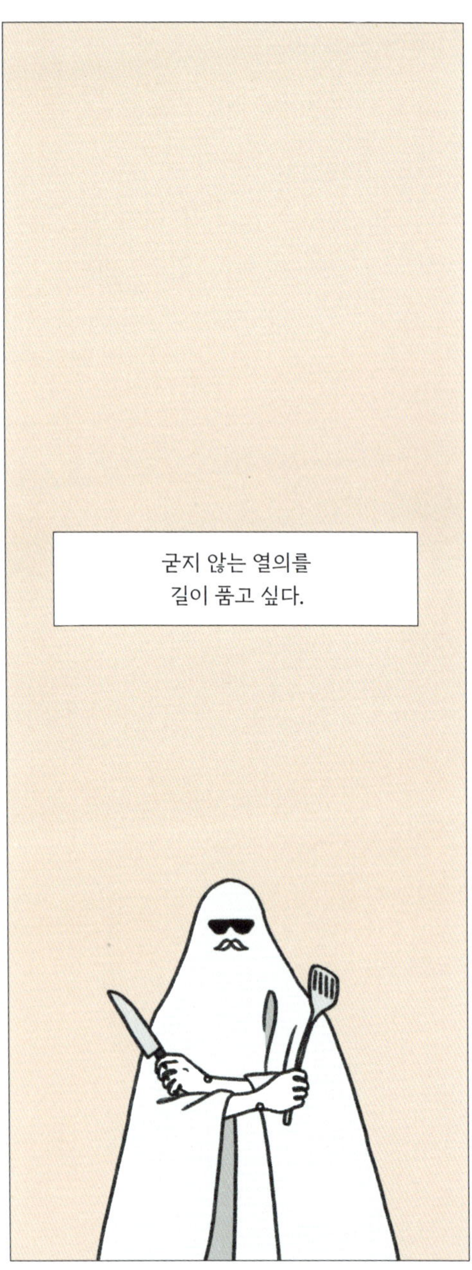
굳지 않는 열의를
길이 품고 싶다.

중요한 건
문제를 해결하는 것이다.

인생을 살면서
문제를 맞닥뜨리지
않을 수 없다.

문제가 없는 인생은 없다.
그 경중만이 다를 뿐이다.

문제를 마주하면
심장이 쿵 하고 내려앉는다.

내 실수면 더더욱.

그럴 땐 정신을 차려야 한다.
해결이 감정을 앞서야 한다.
감정은 잠깐 어디 넣어두는 것이다.

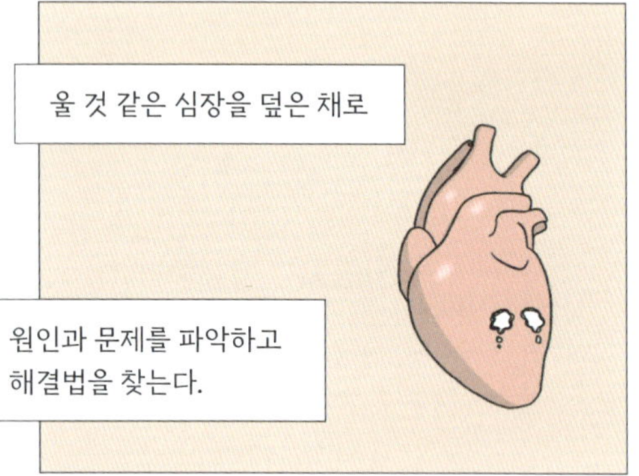

울 것 같은 심장을 덮은 채로
원인과 문제를 파악하고
해결법을 찾는다.

어른이 돼서 가장 무서운 말은
"그래서 어떻게 해결하실 건데요?"다.
이 말을 들으면 정말로
정신을 똑바로 차리고 해결해야 한다.

가끔은 손바닥 몇 대 맞고
끝나던 때가 그립다.

그럼에도 어쩌나.
삶은 문제의 연속이고
나는 책임을 져야 하는데.

정말 다행인 건
웬만한 것들은
해결책이 있다는 거다.

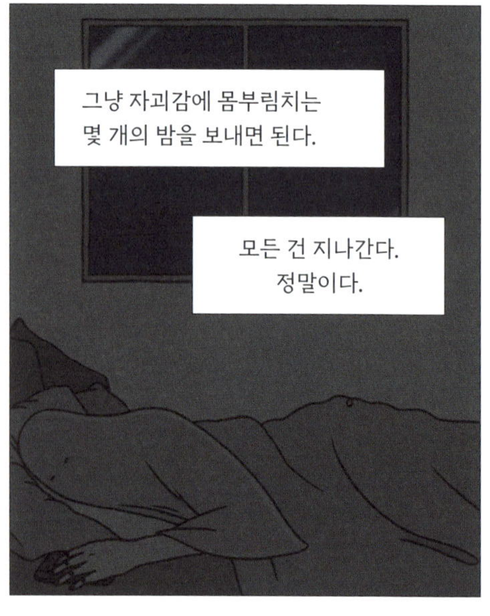
그냥 자괴감에 몸부림치는
몇 개의 밤을 보내면 된다.
모든 건 지나간다.
정말이다.

해
내
야
지

어떡해. 해내야지.

백이십 번쯤 되뇌며
지내는 요즘.

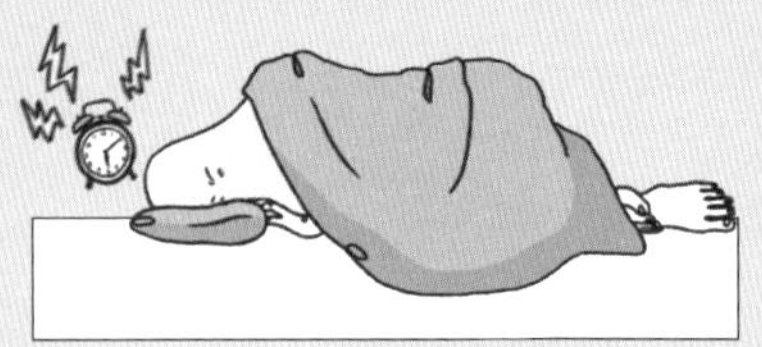

어쩌겠어. 가야지.

파이팅～♪
맞아지～♬
파이팅… 해야지….

해야지. 어쩌겠어.

해야죠. 네….

흐야지…므….

내일 가자…^^
그렇지만 해내지 못하는
그런 것도 있는 거고.

은은한 무기력을
"해내야지"라는 말로 가려본 날.

오늘도
어쨌든 해냈다.

나는 가끔 모두가 너무 대단하게 느껴져

알지?
나는 쉽게 지쳐 하고
또 두려워한다.

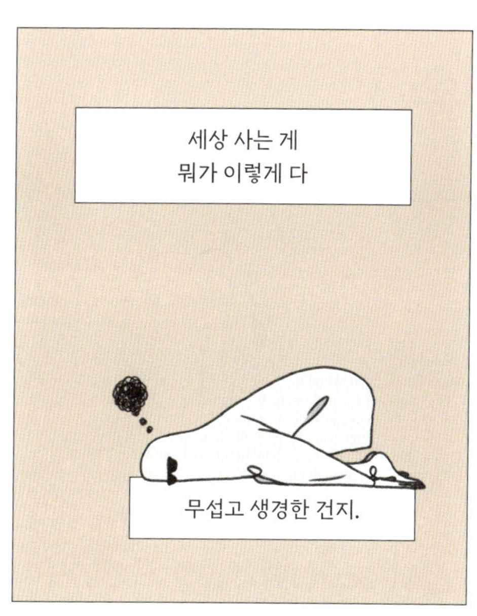

세상 사는 게
뭐가 이렇게 다
무섭고 생경한 건지.

어릴 적 나는

어른이 되면 누구든
단단하고 멋질 줄 알았어.

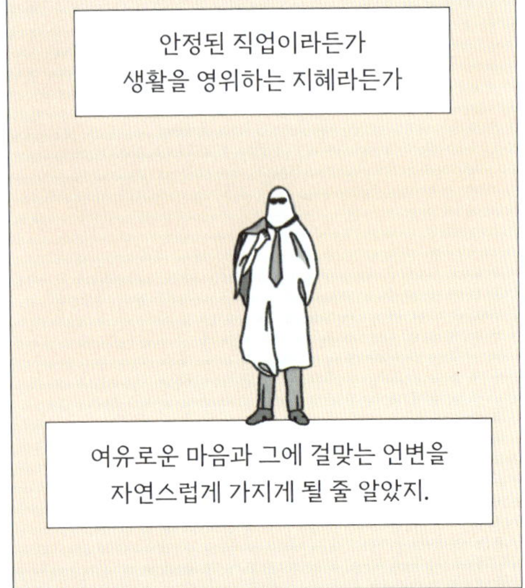

안정된 직업이라든가
생활을 영위하는 지혜라든가

여유로운 마음과 그에 걸맞는 언변을
자연스럽게 가지게 될 줄 알았지.

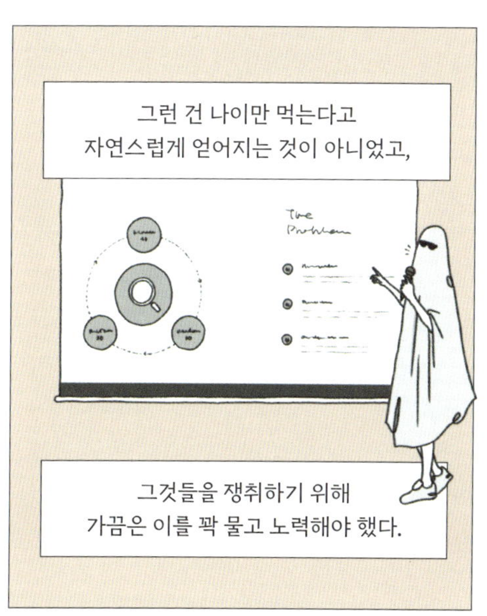
그런 건 나이만 먹는다고
자연스럽게 얻어지는 것이 아니었고,

The
Problem

그것들을 쟁취하기 위해
가끔은 이를 꽉 물고 노력해야 했다.

나는 아직 떡볶이 한 컵에
행복한 애 같은데

책임지고 해내야 할 것만
자꾸 늘어나고 있다.

다들 묵묵히 살아내고 있다고
그 삶이 결코 쉬운 게 아니더라.

나는 가끔 모두가
너무 대단하게 느껴져.

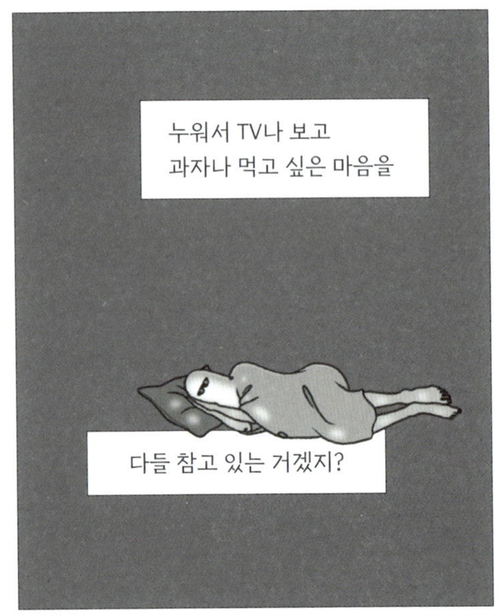
누워서 TV나 보고
과자나 먹고 싶은 마음을

다들 참고 있는 거겠지?

오늘도 어린애의 마음으로
어른의 하루를 보냈다.

다행히 이를 꽉 깨물 일은 없었고
나름 능숙하게 일을 격파했다.

쉽게 지치고 두려워하지만
그럼에도 일어나는 마음으로.

눈물이 나면 빠르게 닦고
다시 하면 된다는 마음으로.

쓸모 있고 싶다는 마음

가구 디자인을 전공한 내가 처음 들어간 회사는 조명 설계 회사였다. 공간 디자인에 관심이 있었고 조명은 그 안에서 중요한 역할을 하니 선택한 것이었지만, 솔직히 말하자면 그 회사에는 최종 면접에 붙어서 갔다. 입사하니 정말 모르는 것 투성이였다. 아는 걸 찾는 게 쉬울 정도였다. 조명의 색온도는 몇 K켈빈이고, 밝기는 몇 W와트이고, 방수 등급인 IP아이피는 몇이고, 빔각은 몇 도인지, 설계 공간은 어떤 목적을 가졌으며, 층고는 몇 m미터이고, 인테리어 콘셉트는 무엇이며, 마감재가 무슨 색상과 재질인지, 시뮬레이션했을 때 lx럭스가 몇이며, 그것이 KS한국산업표준 기준에 적합한지, 예산은 얼마이며, 현재 설계 단계가 어떻게 되는지 다 알고 설계해야 한다는데…. 나는 이게 도대체 무슨 귀신 씻나락 까먹는 소리인지 알 수 없었다.

어딜 가도 스스로가 이렇게까지 멍청하다고 느껴본 적이 없었다. 사무실에서는 나만 빼고 모두가 바빴다. 나는 꿔다 놓은 보릿자루처럼 무능하게 앉아 있었다. 싫었다. 나는 쓸모 있고 싶었다. 일을 찾아서 하기 시작했다. 선배에게 가서 뭐든 도와드릴 일이 있으면 일을 달라고 했다. 작은 일을 받아 와도 뭘 해야 할지 몰라 막막했고 여전히 모르는 것이 가득했다. 처음엔 질문하는 것조차 겁이 났다. "이런 것도 몰라요?"라는 표정을 볼까 봐. 퇴근길엔 머리가 멍했다. 집에 와서도 도면이 눈앞에 떠다녔다. 그때 내가 붙잡은 건, 자존심이 아니라 생존이었다.

어느 날 노트를 하나 만들었다. lx, KS 기준, 빔각, 색온도, IP 등급… 모르는 단어들을 찾아서 한 줄로 정리했다. '빔각: 빛이 퍼지는 각도. 120도 이상은 확산형. 층고나 목적에 따라 120도 미만의 좁은 빔각을 씀.' 그리고 눈치껏 질문도 던졌다. "선배, 침실을 설계할 때 침대 위 조명이 눈부시지 않으려면 어떻게 해야 하나요?" "인테리어 마감재가 어두울 땐 보완하는 방법이 있을까요?" 질문을 던지고 나면, 이상하게도 몸이 조금 가벼워졌다. 나의 부족함을 인정하고 배우는 게 좋았다.

실수도 줄기 시작했다. 도면을 받을 때마다 체크리스트를 만들었다. 층고, 마감재, 예산, 단계, 기준 조도, 조명 기구 정보. 처음엔 체크하는 데만 한참이 걸렸지만, 그 과정을 거치면 적어도 무엇을 모르는지가 보였다. 나에게는 큰 변화였다. 무지한 상태는 막연해서 더 무서운데, 모르는 항목을 리스트로 정리하면 해결할 수 있는 일처럼 느껴졌다.

그런 작은 순간들이 쌓이자 변화가 생겨났다. 미팅 자리에서 업체 담당자가 "예산도 없는데 다른 조명 없이 확산형 천장등으로 그냥 밀어버리면 안 되나?"라고 했을 때, "네. 괜찮습니다"라고 하지 않고, "그럴 순 없어요. 다른 대체안을 찾아볼게요"라고 말할 수 있었다. 그 한 문장이 내게는 첫걸음 같았다. 여전히 모르는 게 많았지만, 적어도 나는 움직이고 있었다. 쓸모 있고 싶다는 마음이, 나를 초조하게 만드는 대신 배우게 했다.

그때 알았다. 일을 잘한다는 건 모르는 것을 견디면서도 하나씩 메워가는 태도라는 걸. 회사를 나왔지만 프리랜서라는 또 다른 낯선 환경에 서게 된 나는 아직도 꿰다 놓은 보릿자루가 되는 날이 있다. 하지만 이제는 그때처럼 멈춰 있지 않는다. 노트를 펴고, 체크리스트를 만들고, 질문을 하나 던진다. 그렇게 쓸모 있는 쪽으로 조금씩 이동한다. 🕶

아 닌 것 하나를 알게 되는 과정

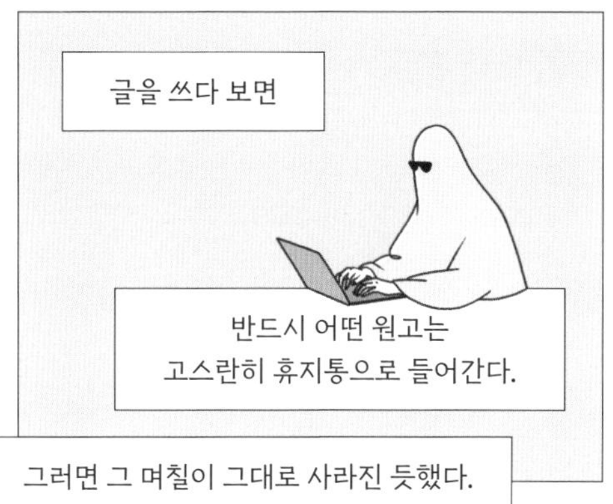
글을 쓰다 보면
반드시 어떤 원고는
고스란히 휴지통으로 들어간다.
그러면 그 며칠이 그대로 사라진 듯했다.

호기롭게 시킨
신메뉴가 맛이 없으면
그 한 끼만큼의 행복감을
잃은 사람처럼 슬프기도 했다.

오랫동안 공부해온 것을
전공이나 직업으로 가지지 않았을 때도
얼마간의 허무를 느꼈다.

참 많은 시행착오를
겪으며 살아왔고

그 시간들이
아깝다고 느껴졌다.

끝까지 가지 않을 길에
시간을 쓴 것.

그것이 낭비처럼
느껴지던 나날이었다.

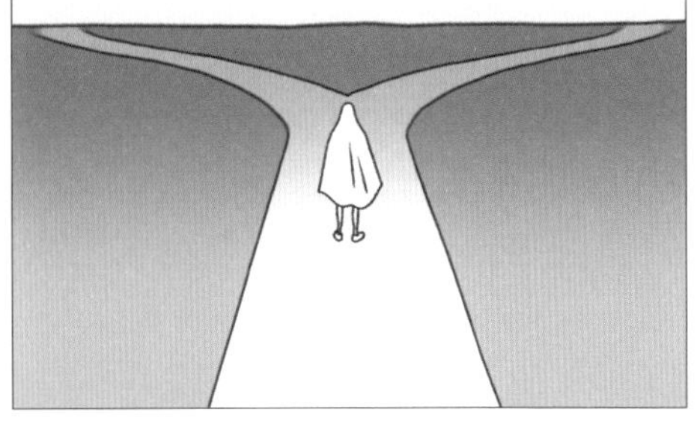

그런 중 발견한 문장이 마음에 박혔다.

"잘 안 되는 것.
바로 그것이 우리 삶의 기본값이라고
생각하면 마음이 조금 편해집니다."

"그래서 글이 안 써지면…… 씁니다.
일단 써야 합니다.

쓴 다음 이것이 아니었구나
알게 된다면 지웁니다.

그럼 다시 제자리인 것 같지만
그렇지 않아요."

*《내 주머니는 맑고 강풍》 최진영, 핀드, 2025.

성실한 분투

경기를 끝낸 선수의 눈물에
함께 울컥하는 이유는

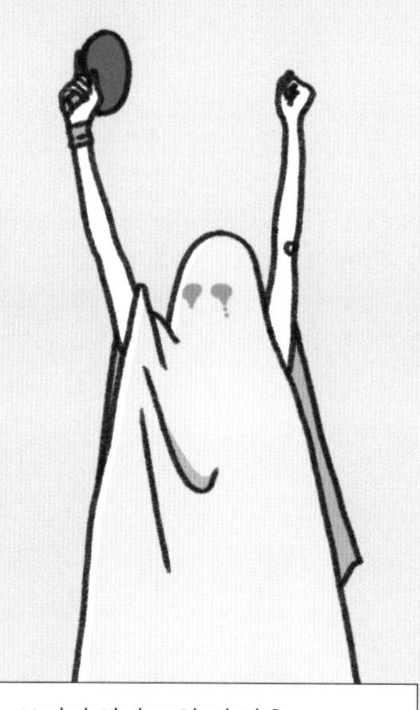

보이지 않아도 알 것 같은
인내의 시간이 비쳐져서겠지.

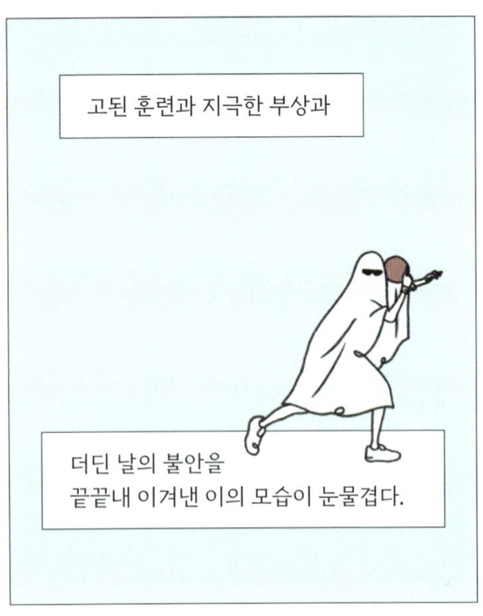

고된 훈련과 지극한 부상과

더딘 날의 불안을
끝끝내 이겨낸 이의 모습이 눈물겹다.

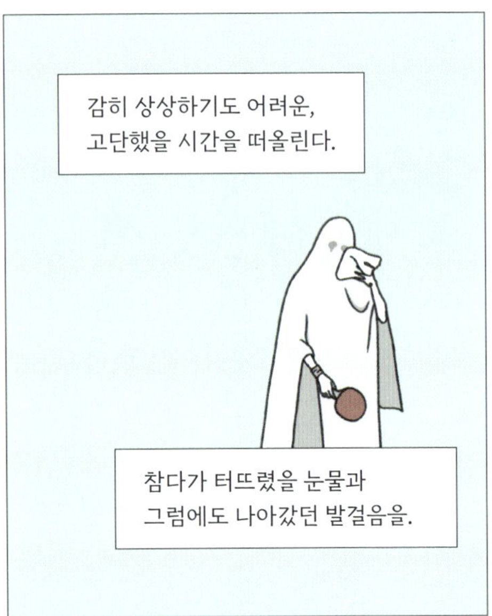

감히 상상하기도 어려운,
고단했을 시간을 떠올린다.

참다가 터뜨렸을 눈물과
그럼에도 나아갔던 발걸음을.

그들의 노력은

가히 경이롭다.

모든 결과엔
약간의 운도 따른다.

그러니 노력에 비례하여
결과가 매번 좋을 수는 없겠지.

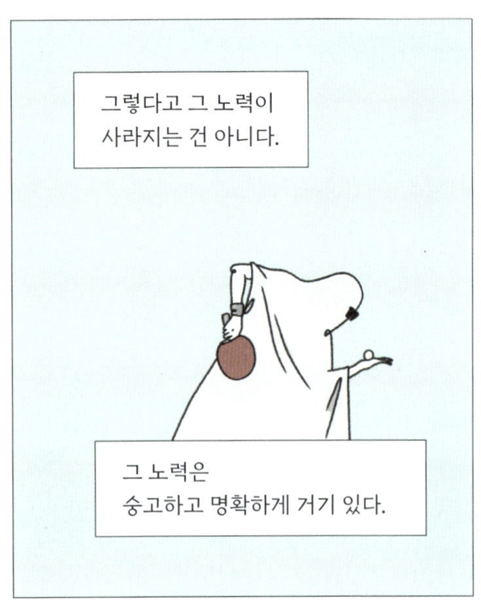

그렇다고 그 노력이
사라지는 건 아니다.

그 노력은
숭고하고 명확하게 거기 있다.

영광의 상처도
모두 과거가 된다.

그러니 또다시
다음을 위해 걸어가야 한다.

나는 노력의 가치를 안다.
승패는 수많은 결실 중 하나다.
그 안에서 얻은 인내와 굳건함,
올곧은 태도가 더없이 값지다.

노력하면 반드시 좋은 결과가
따른다는 말은 일부 참이지만,
노력하지 않으면 아무것도 얻을 수 없다.
이것은 완전한 참이다.

성실한 분투는
우리에게 반드시
좋은 것을 가져다준다.

나는 조금씩

불안에 덜 흔들리고 있다.

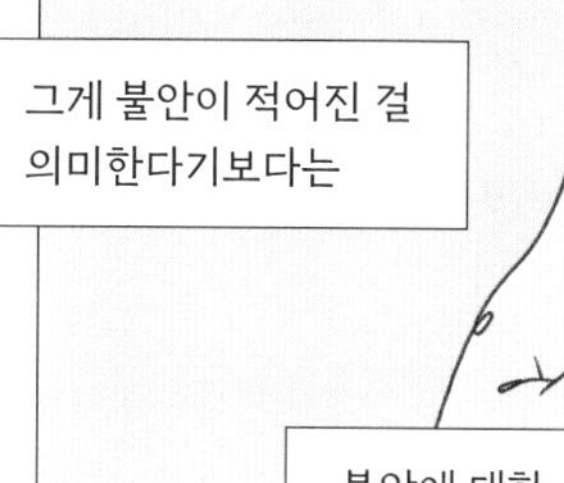

언젠가 불안에 대한
뇌과학 이야기를 들었다.

인간의 뇌는 행복이 아니라
생존에 초점이 맞춰져 있다고 한다.

그러니 생기지도 않은 일을
구태여 떠올리며 대비하고

그러니 살아 있는 한
불안한 건 당연하다.
아주 아주 당연하다.

불안의 상태가
당연하다고 깨달은 후
나는 불안을 있는 그대로
받아들이게 되었다.

내가 유독 불안에
취약한 인간인 걸까,
하며 스스로를
미워하지 않기로 했다.

망각의 축복을 받지 못한
실수의 기억들이

머리를 기어다니는 밤은
여전히 괴롭지만.

몸은 뉘여 있지만
나만 도태되고 있는 것 같아

머리만 쉬지 못하는 휴일은
여전히 불편하지만.

그렇지만 불안에
흔들리기만 하진 않을 것이다.

불안은 때로 나에게 도움을 주기도 하는,
살아 있는 한 아주 당연히 존재하는 것이므로.

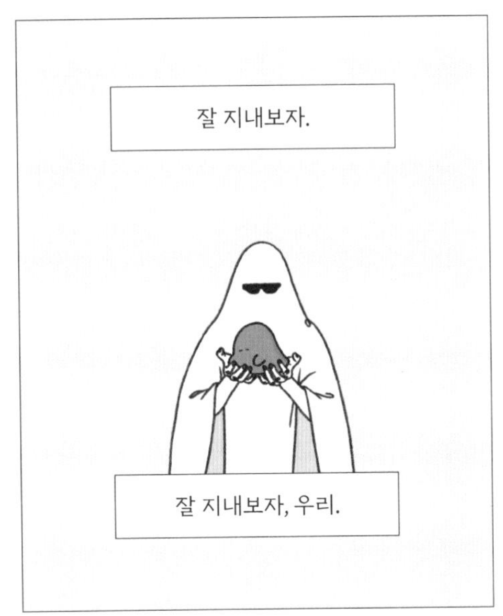
잘 지내보자.

잘 지내보자, 우리.

별로인 걸 만드는 시간은

반드시 필요하다.

무언가를 시작해야 하면
끙끙대다 일단 저지르고 본다.
처음에는 반드시
망치기 때문이다.

별로인 걸 만드는 시기는
불가항력적으로 존재한다.
그 시기를 지나는 동안
나아갈 방향성이 보인다.

처음 해본 요리,
처음 맞춰본 코디.
그런 것이 어디 처음부터
그럴 듯했는가.

창피한 내 모습,
미적지근한 주변 반응….
그런 것들을 견디는 시간은
있어야만 하고 있을 수밖에 없지.

나의 안 좋은 버릇과 성향,
일에 걸리는 시간, 준비해야 할 것들….
하다 보면 야금야금 파악되기 시작한다.
이를 하나하나 밟아 나가는 것이다.

미비한 구석을 안간힘 쓰며 고친다.
그러면서 그럴듯해진다.

부끄러움과 자괴감에
영영 숨어만 있다면
어떤 것도 완성할 수 없다.

나는 여전히 자주 부끄럽고
도망가고 싶지만
부끄러운 채로
도망치지 않는다.

다만 사유하고 복기하면서
다듬어본다.
좋아하는 일을 놓지 않으려고.

오늘도 일단
망쳐본다는 생각으로.

비뚤어진 완벽주의에서 벗어나기

고백건대, 나는 아직도 글과 그림이 너무 어렵다. 어렵다 못해 두렵다. 어느덧 세 번째 책을 집필하면서도, 새삼 내 재능이 부족함을 느낀다. 이 작업실에 참담한 그림과 망한 글 그리고 나, 셋뿐일 때의 기분은 형용하기 어렵다. 지금이라도 다른 직업을 알아봐야 하나, 하는 막막함이 밀려온다. 그럼에도 써야 한다. 또 그려야 한다. 함께 책을 만드는 이들을 실망시킬 수는 없기 때문이다. 책 출간 일정이 계속 밀려서 배를 곯을 수는 없기 때문이다. 잘 쓰지 못한다고 아무것도 하지 않고 누워 있는 것보단, 엉망진창을 만들어보는 게 그나마 아주 조금 덜 자괴감을 느끼기 때문이다.

일을 시작할 때를 생각해보자. 누구나 그럴듯한 계획을 짠다. 그러나 계획대로 되는 것은 아무것도 없다. 그림도 마찬가지다. 일단 선을 그어봐야만 안다. 그 스케치가 별로인지, 아닌지. 완성해봐야 안다. 그 그림이 괜찮은지, 아닌지. 그런 그림을 아주 많이 그려봐야 내가 그림을 좋아하는지 아닌지를 알 수 있다. 더 나아가 그것으로 먹고살 수 있는지도. 그러니 일단 해야 한다. 확신이 없는 상태라 할지라도. 심지어 스스로가 별로라는 생각이 들더라도. 잘못된 방향으로 가고 있다고 느끼는 순간에도 그 길을 지우고 새로 그릴 용기만 있으면 된다. 잘못된 것과 잘못되지 않은 것을 구분할 수 있는 지혜는, 그저 계속해온 시간을 통과하며 스멀스멀 생겨난다. 그리고 그만둘 수 있는 용기는, '이 정도면 정말 죽을 만큼 했다, 더는 못한다'는 후련함과 함께 온다.

나는 비뚤어진 완벽주의에서 벗어나려고 부지런히 노력 중이다. 돌아보면 그동안 내가 만들어 낸 작품은 하나같이 완벽하지 않았고, 개인적이고 이상한 잣대를 들이밀며 세상에 내지 않은 것들은 더 많았다. 나는 내가 부끄러웠다. 내 말투, 내 목소리, 내 외형, 내 움직임, 내 작업물, 내가 말하고 움직이고 조물거리며 만든 모든 것…. 그러니 내 글은 하나같이 '중2병' 환자의 유서 같았고, 그림은 엄마만 칭찬해주는 유치원생의 작품 같았다. 좋아서 쓰고 그린 것이 아니었다. 쓸 수밖에 없어서 썼고, 그릴 수밖에 없어서 그렸다. 괴로운 날에는 나도 모르게 벌건 눈을 구기며 일기를 쓰고 있었고, 공부로만 점철된 일상을 참을 수 없으면 연습장 제일 마지막 쪽을 펼쳐 그림을 그리고 있었다. 좋아한다는 걸 깨닫게 된 건, 그것들을 '취미란'에 쓰다가 '특기란'에 쓰다가 '직업란'에 쓰던 어느 날이었다. 사랑하는 줄도 모르고 사랑하고 있었다니.

좋아하는구나, 계속하고 싶구나, 깨달으면서 이 이상한 완벽주의에서 벗어나야겠다고 생각했다. 완벽주의란 언뜻 그럴듯하게 들린다. 기준이 높고, 디테일을 놓치지 않고, 끝까지 완벽함을 사수하는 것. 그런데 작업실에서 완벽주의는 종종 다른 얼굴을 하고 있다. 더 좋은 작품을 만들겠다는 욕망이라기보다, 어설픈 나를 들키고 싶지 않은 마음에 가깝다. 완벽주의는 '더'가 아니라 '전부'의 언어로 작동한다. 이 문장을, 이 장면을 '더' 고치면 괜찮아진다고 생각할 수 없다. '아, 전부 이상해, 다 망쳤어, 내 인생은 망했어'라고 생각하게 될 뿐. 그렇게 되는 순간, 손은 멈춘다. 멈추고 나면 이상하게도 마음은 더 급해진다. 급해질수록 더 완벽해야 한다는 압박이 붙는다. 그리고 그 압박이 다시 손을 굳게 만든다.

그때 따라오는 건 대개 과한 수치심이다. 작품이 부족한 게 아니라, 내가 부족한 사람인 것처럼 느껴지는 수치심. 사람들은 보통 결과를 보고 판단하지만, 나는 과정을 보며 나를 먼저 단죄한다. '이 글이 별로다'가 아니라 '내가 별로다'로 미끄러진다. 그 순간부터 수정은 작업이 아니라 처벌이 된다. 고치는 것이 아니라 지우게 된다. 남겨두고 다듬는 대신, 흔적 자체를 없애고 싶어진다. 실패를 '발견'으로 받아들이지 못하고 '증거'로 받아들이게 되는 것이다. 내 부족함을 증명하는 증거.

그러나 창작은 원래 불완전으로 시작한다. 더 정확히 말하면, 불완전을 통과하면서만 앞으로 나아간다. 글도 그림도 처음부터 완성된 형태로 나오지 않는다. 스케치를 하며 수많은 선을 그리고 지우는 동안, 우리가 얻는 건 정답이 아니라 오답의 목록이다. 아니었음을 알아내는 과정이 쌓여서, 조금씩 맞는 쪽에 다가간다. 그래서 '잘 안되는 것'은 예외가 아니라 기본값이다. 창작에서만큼은, 기본값을 견디는 사람이 결국 완성에 닿는다.

완벽주의가 전부 나쁜 건 아니다. 기준이 높은 마음 덕분에 작품은 더 좋아지기도 한다. 문제는 그 기준이 작품을 향할 때가 아니라, 나를 향할 때다. 기준의 대상이 작품이 아닌 창작자가 될 때, 창작은 성장의 시간이 아니라 자기 검열의 시간이 된다. 그때 완벽주의는 품질을 올리는 힘이 아니라 완성을 막는 장치가 된다. 시작을 늦

추고, 끝을 못 내고, 보여주는 일을 미루게 한다. 결국 남는 건 '안 한 것 같은 하루'뿐이다.

그래서 나는 요즘 완벽주의를 품질이 아니라 습관으로 본다. 완벽을 향한 마음이 올라오면, 그 마음의 목적을 묻는다. 더 좋은 작품을 위해서인가, 부끄러움을 피하기 위해서인가. 후자라면, 나는 한 가지 선택을 한다. 완벽하지 않은 채로 다음으로 나아가는 것이다. 문장을 하나 더 쓴다. 선을 하나 더 긋는다. 그리고 조금만 버틴다. 완벽주의를 설득하려고 애쓰지 않는다. 그저 손을 움직임으로써 그 순간을 통과한다.

창작에서 완벽주의를 벗어난다는 건, 완벽을 포기한다는 뜻이 아니다. 오히려 완벽을 '나중'으로 옮기는 일이다. 초안에 완벽을 요구하지 않고, 수정에 맡기는 것. 과정의 어설픔을 실패로 보지 않고, 작업의 일부로 받아들이는 것. 그러면 비로소 완벽주의는 나를 묶는 끈이 아니라, 작품을 다듬는 도구로 돌아온다.

오늘도 나는 완벽하지 않은 것들을 쌓는다. 마음에 들지 않는 문장과 삐뚤한 선과 그럼에도 계속하는 시간. 그것들이 어느 순간 하나의 방향을 만든다. 창작에서 완벽은 출발점이 아니라 도착점이다. 도착점은 늘 멀지만, 그쪽으로 가는 길은 의외로 단순하다. 일단 하는 것. 그리고 아닌 것을 알아내는 것. 그 정도면, 오늘의 작업은 충분하다. 😎

완벽하지 않음을 쌓아가기

이따금 관계에 대해 생각한다.

가까운 사람들과 떠난 사람들,
떠나고 있는 사람들에 대해.

어릴 적엔 내 사람들은 영원할 줄 알았다.

영원이라는 단어를 입에 올리지 않아도
그게 아주 당연하다고 여겼다.

아주 많은 사람을 새로 만나고
그만큼 많은 사람과 헤어지면서

작별의 지당함을 알게 되었고
내 마음도 얼마간 뭉툭해졌다.

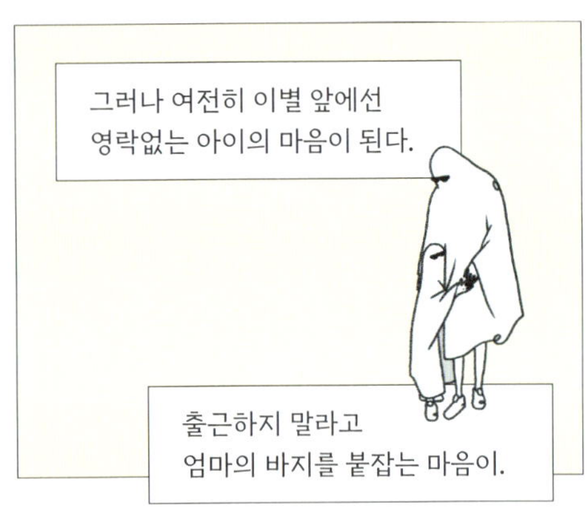
그러나 여전히 이별 앞에선
영락없는 아이의 마음이 된다.
출근하지 말라고
엄마의 바지를 붙잡는 마음이.

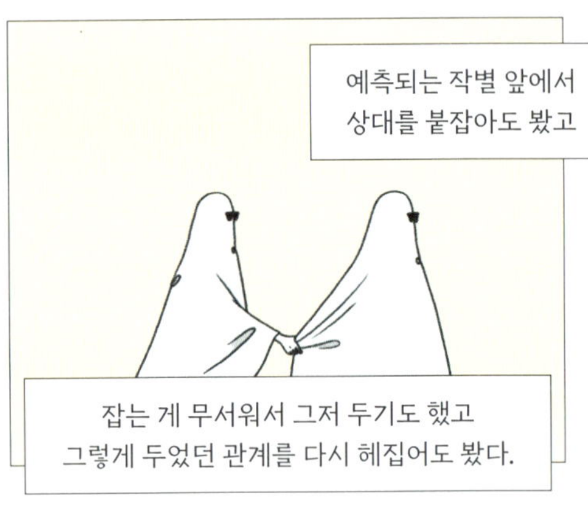
예측되는 작별 앞에서
상대를 붙잡아도 봤고
잡는 게 무서워서 그저 두기도 했고
그렇게 두었던 관계를 다시 헤집어도 봤다.

옅어지는 관계를 들출 때,
우리는 헝겊 같은 우리를 보면서
사람의 힘으로는 안 되는
시간의 힘에 무력해지기도 했다.

그런 헝겊의 시간에 대해
우리는 이야기했다.

우리는 서로를 미워하지 않지만,
우리는 '우리'로 돌아갈 수 없겠구나.

우리는 아주 가끔만
서로를 떠올리겠구나.

슬픈 예감은 틀린 적이 없고
나는 그 친구를 가끔 떠올리게 됐다.

아주 오랜만에 만났던
그 친구와의 긴 대화와
한낮의 맥주가 얼마나 씁쓸했는지.

싱싱했던 웃음이 함께 떠오르면
아프기도 했지만.

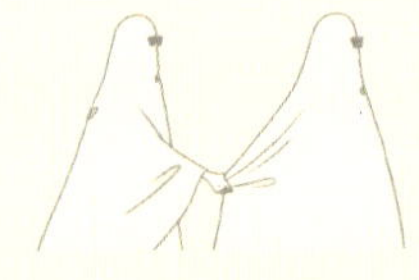

어리숙하고 깊숙했던 인연을
시절 인연이라는 이름으로

바꿔 붙이고 나서
나는 조금 초연한 마음이 되었다.

의도가 없었더라도
상대방이 상처를 받으면
그건 무례입니다.

자신이 세상의 정답인 것처럼
자기가 조언해주는 것이
정의로운 일인 것처럼
구는 사람들이 있습니다.

원하지 않는,
조언을 빙자한 악담은
그저 악담입니다.

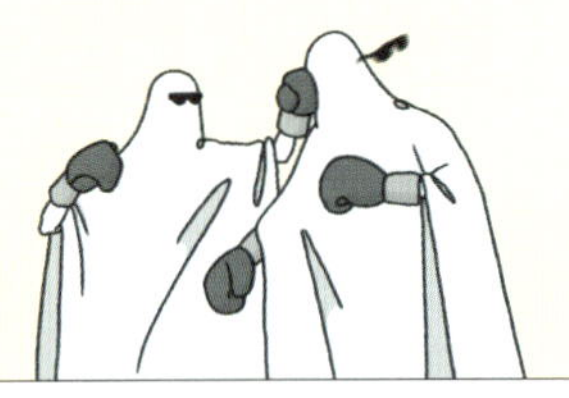
한 번은 그럴 수 있습니다.
누구나 실수를 하고,
나도 실수를 하니까요.

그러나 상처임을 알아채고도 또 한다면
그건 더 이상 실수가 아닙니다.

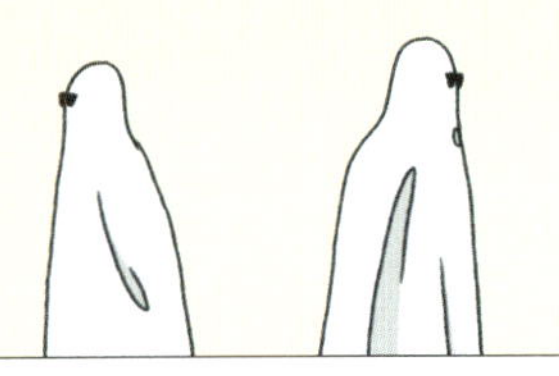
당신이 그렇게 대단하다면
당신의 인생을 사십시오.

나는 나의 최선으로
살고 있습니다.

당신이 내 생을 책임져주지
않을 것을 압니다.

죽을 때까지 나를 책임지는 사람은 나이므로
나를 파괴할 권리도, 구할 권리도 내게 있습니다.

나에게 충고를 빙자한 비방을 하지 마세요.

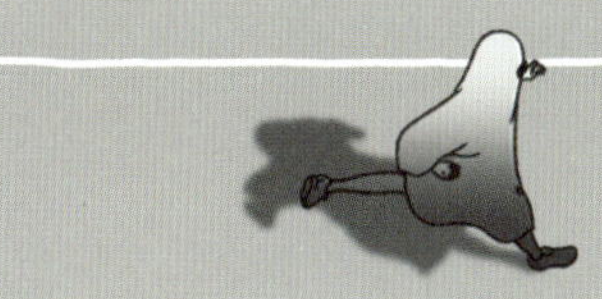
당신이 내게 실망했든 어떤 길을 가길 원하든
내 인생은 당신의 것이 아닙니다.

모든 선택과 결과는 나의 것입니다.

나는 매 순간 최선이었습니다.

모든 결정이 최고는 아니었어도
치열하게 고민한, 차악이자 최선이었어요.

나의 선택에 일일이 집요하게 말을 얹는다면
또 그게 당신의 자유이자 권리라고 주장한다면,

내가 당신을 안 보는 것도
나의 자유이자 권리겠지요.

나는 나의 길을 가겠습니다.
당신도 당신의 길을 가세요.

나는 어떤 첨언도 않고
응원만을 보낼 테니.

나는 가끔 인류애를 잃는다.

상식이 통하지 않는 사람을 마주하면
속이 뜨거워진다.

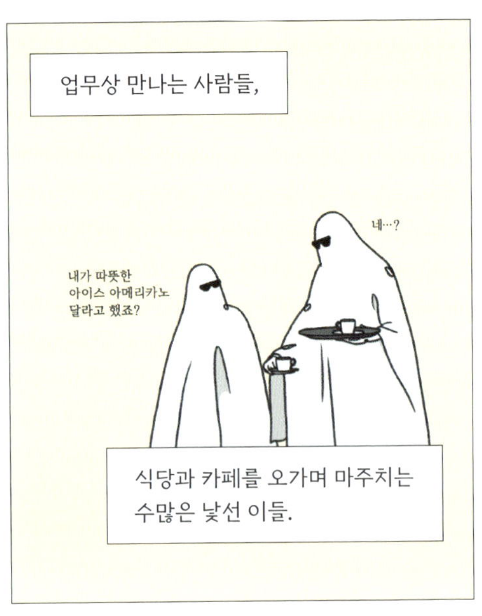

업무상 만나는 사람들,
네…?
내가 따뜻한
아이스 아메리카노
달라고 했죠?
식당과 카페를 오가며 마주치는
수많은 낯선 이들.

세상 어디든 곳곳에
…
긴말 말고 다시 내와요
아니면 매니저를 부르든가
무례한 사람들이 숨어 있다.

인간의 이기심에
넌더리가 나는 날에는

어떤 인간에게도
마음을 열지 않을 것처럼 군다.

그러다가도 나는 분명히 인간에게서만
느낄 수 있는 위로를 얻기도 한다.

너 잘못 아냐
울지 마

이기적인 세상에서도
살아남은 인간들의 다정

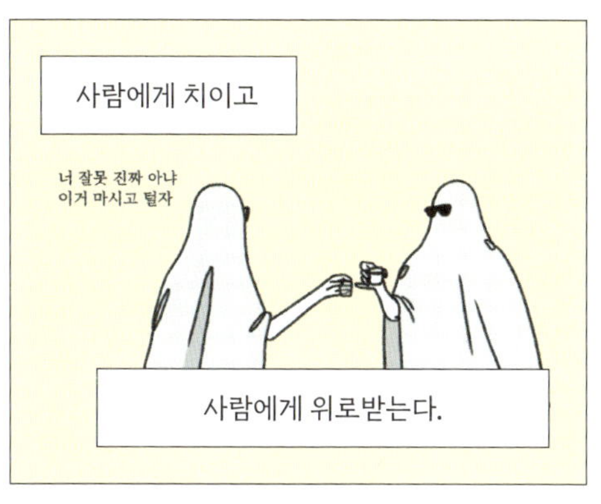

사람에게 치이고

너 잘못 진짜 아냐
이거 마시고 털자

사람에게 위로받는다.

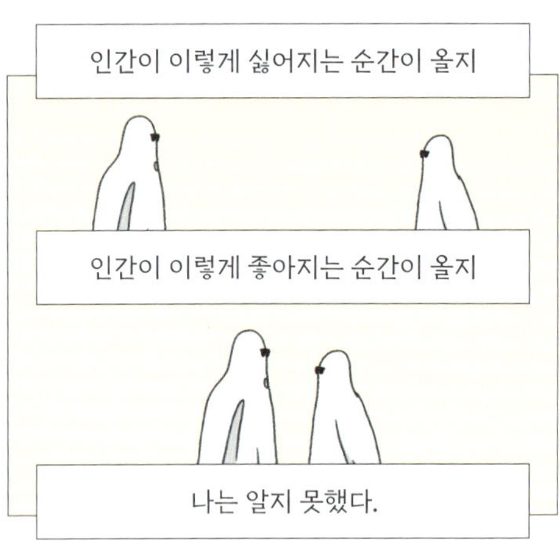

인간이 이렇게 싫어지는 순간이 올지
인간이 이렇게 좋아지는 순간이 올지
나는 알지 못했다.

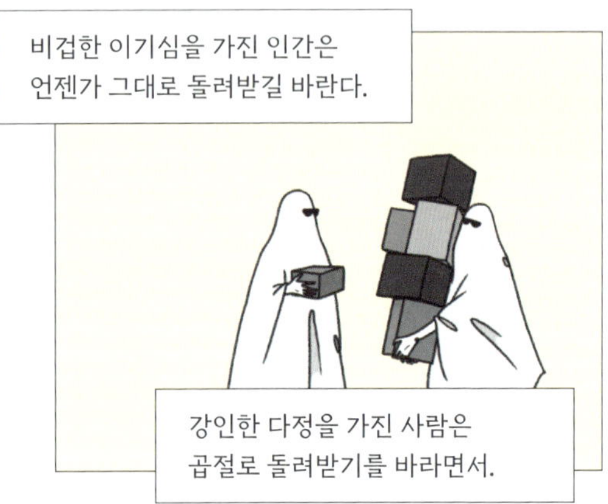

비겁한 이기심을 가진 인간은
언젠가 그대로 돌려받길 바란다.
강인한 다정을 가진 사람은
곱절로 돌려받기를 바라면서.

꿋꿋한 친절을 가진 인간들을
조금 더 사랑하게 되는 밤.

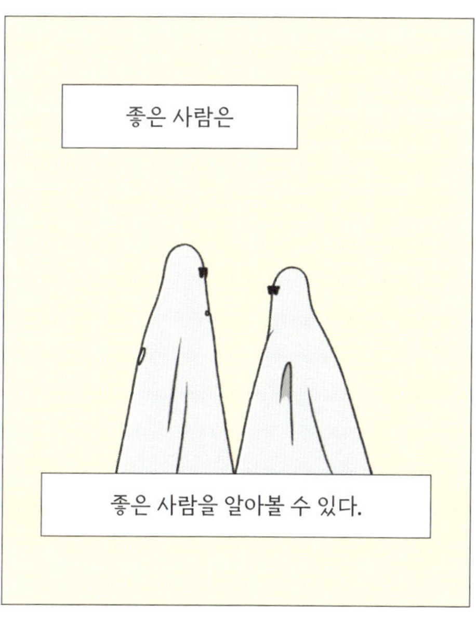
좋은 사람은
좋은 사람을 알아볼 수 있다.

촉이라는 건
무시무시한 것이다.
나와 결이 같은 사람을
쉽게 알아볼 수 있다.

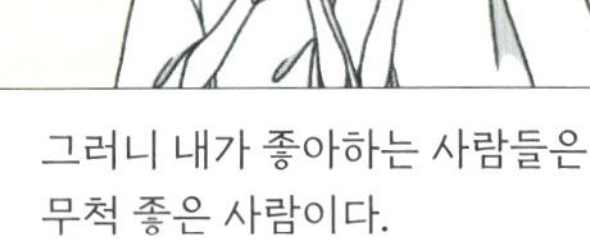

나는 좋은 사람이려고
노력하는 사람이다.

그러니 내가 좋아하는 사람들은
무척 좋은 사람이다.

예의가 바른 사람,
작은 것에도 행복해하는 사람,

어느 정도의 책임감이 있는 사람.
나는 그런 사람에게 마음이 간다.

자기 일을 열심히 하고,
먹을 것을 좋아하고,

자주 웃기고 간혹 진중한 사람이
정말 좋다.

닮은 사람을, 좋은 사람을
곁에 두고 싶다.

내 한정된 체력과 시간을
그들에게만 쓰고 싶다.

곁에 있으면 닮게 된다.
그들의 인성과 유머,
행복과 먹성이 닮는다.

잘 먹는 사람 옆에서는
더 잘 먹게 되고

자주 행복해하는 사람 옆에서는
더 잘 웃게 된다.

사는 건 그 자체로 고난이지만

내 사람들과 함께면
삶이 조금은 무섭지 않다.

이번 달 친구 비용
결제 완료.

앞으로도 제 일상에
계속 출연해주세요.

사람과 사람

사람이 싫다. 동시에 사람이 좋다. 모순적으로 들리지만, 살아갈수록 두 마음이 각자의 자리에서 뚜렷해진다. 사람은 내 하루를 가장 쉽게 흔드는 존재다. 누군가가 아무렇지 않게 던진 말 한마디에 내 마음이 구겨지고, 잔잔한 상냥함 하나에 다시 펴진다. 내 잘못이 아닌 것으로 상대에게 공격당하면 인간에게 정이 뚝 떨어지다가도, 무심결에 받아버린 친절에 인간이 다시 애틋해진다. 괴롭지도 유쾌하지도 않은 채로 두 개의 마음을 양손에 들고 있다.

세상에는 나쁜 사람이 있다. 정확히 말하면 '나에게' 나쁜 사람이 있다. 누군가의 마음을 가볍게 여기고, 함부로 말하고, 상처를 남긴 뒤에도 아무렇지 않게 돌아서는 사람들이다. 그들의 태도는 내 하루를 통째로 흐리게 만들기도 한다. 상처는 늘 대단한 사건에서만 생기지 않는다. 반복되는 무례, 배려 없는 태도 같은 것들이 사람을 오래 아프게 한다. 그때 나는 스스로에게 묻는다. 내가 예민한 건지, 어떤 마음으로 인간을 대해야 하는지.

그럼에도 사람이 좋다는 마음이 남아 있는 이유는 간결하다. 나에게 좋은 사람이 있기 때문이다. 나를 평가하지 않고 들어주는 사람, 내가 무너질 때 괜찮다고 말해주는 사람, 조언 대신 같은 자리에서 같은 속도로 숨을 쉬는 사람. 그 다정은 거창하지 않다. 오히려 사소해서 더 오래 남는다. 담담한 눈빛, 뜨겁지도 차갑지도 않은 문장, 잊지 않고 챙겨준 내 취향 한 조각 같은 것들이다. 은은한 온기는 내 마음의 균형을 다시 맞춘다. 찢긴 마음을 꿰맨다.

사람에게 베인다. 동시에 사람에게 치유받는다. 한쪽에서 무너진 마음이 다른 쪽에서 다시 일어난다. 관계는 내게 상처와 구원을 동시에 준다. 그래서 나는 자주 망설인다. 이 사람은 나쁜 사람인가 아닌가를 단박에 알기란 어렵기 때문에. 더 가까워질까, 조금 물러설까. 마음을 더 내어줄까, 여기까지만 할까. 관계를 맺는다는 건 늘 그 선택의 반복이다. 결국 관계란, 상처받을 가능성과 위로받을 가능성을 함께 끌어안는 일이다. 👓

성격은 다르고
성향은 비슷하며

어느 정도 취향이 맞는 사람과
오래 인연을 유지하는 듯하다.

누구나의 성격에는
장점이 있고
단점이 있다.

섬세함은 예민함이기도 하고
덤덤함은 무심함이기도 하다.

장점이 다른 사람은
단점이 다른 사람이기도 했다.

단점이 다르다는 게
얼마나 다행인 일인지.

내가 불안해하면
너는 덤덤하게 받아준다.
네가 대책이 없으면
내가 차근차근 계획을 짜준다.

그 와중에
성향이 맞는 사람이란
얼마나 귀한가.

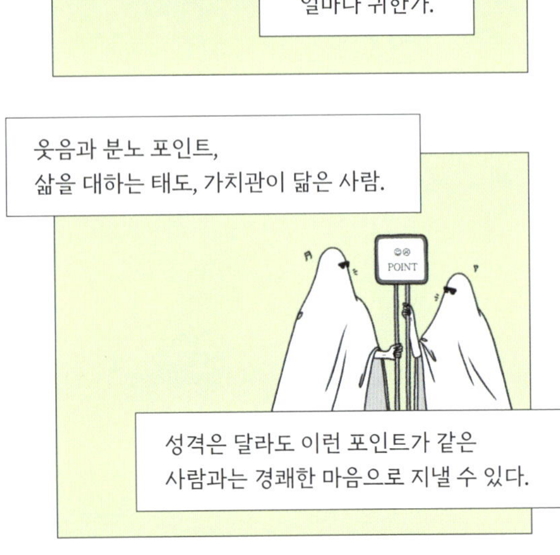

웃음과 분노 포인트,
삶을 대하는 태도, 가치관이 닮은 사람.
POINT
성격은 달라도 이런 포인트가 같은
사람과는 경쾌한 마음으로 지낼 수 있다.

취향의 어떤 조각은 닮고
어떤 조각은 닮지 않으면

서로 나누는 재미가 있다.

우리가 함께 좋아하는 영화,
네가 좋아하는 게임,
내가 좋아하는 글.

여러 조각을 나눌 수 있지, 우리는.

다르고 닮은 우리가

오래도록 많은 조각을 나누기를.

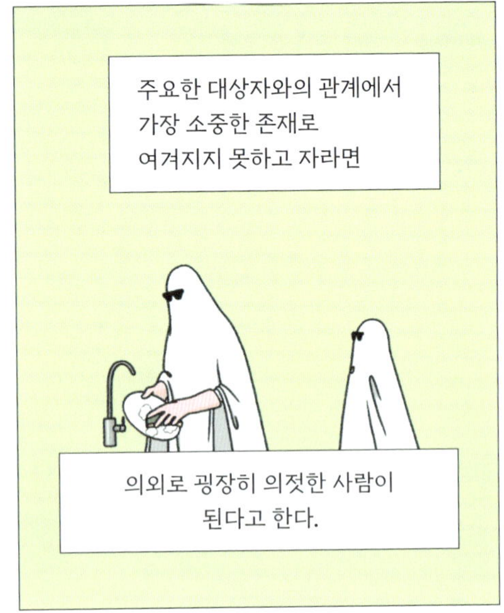
주요한 대상자와의 관계에서
가장 소중한 존재로
여겨지지 못하고 자라면
의외로 굉장히 의젓한 사람이
된다고 한다.

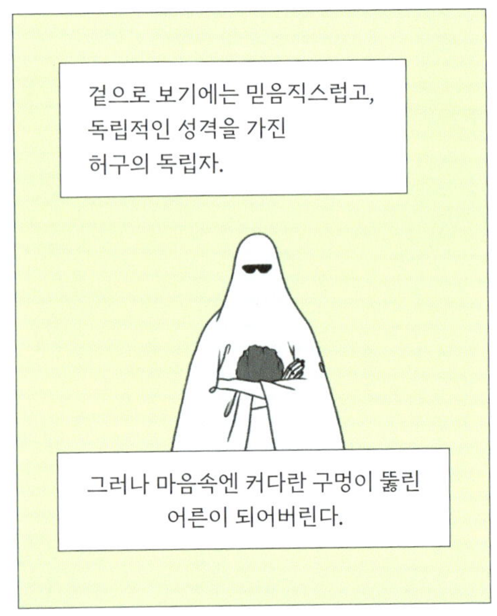
겉으로 보기에는 믿음직스럽고,
독립적인 성격을 가진
허구의 독립자.
그러나 마음속엔 커다란 구멍이 뚫린
어른이 되어버린다.

뭐든 척척 해내는 듯 보이지만
내면에는 외로움과 불안이
글썽이는, 그런 어른이.

그러다가 신뢰할 수 있고 좋은 관계를 만나면
정상적 퇴행을 하게 된다.
힝구
오구 오늘 힘들었어?
자 업혀
바깥에서는 아주 어른스러운 척하고 돌아와선
중요한 대상자에겐 어리광을 피우는 것이다.

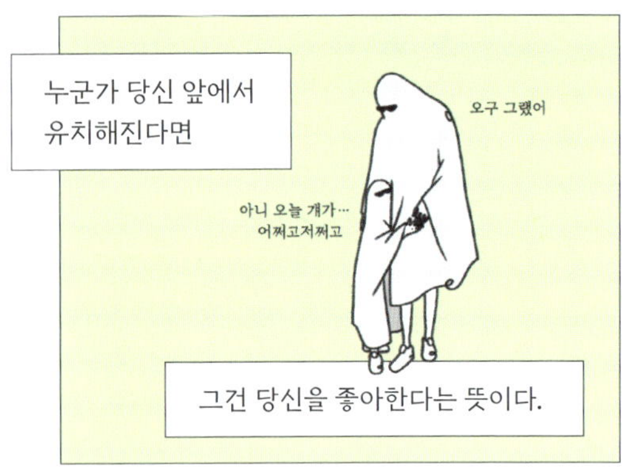

누군가 당신 앞에서
유치해진다면
오구 그랬어
아니 오늘 걔가…
어쩌고저쩌고
그건 당신을 좋아한다는 뜻이다.

나는 밖에서는 꽤나 어른스럽지만
안에서는 아주 유치해지는 사람을 몇 알고 있다.
그리고 많은 사람이 그렇다고 생각하면
왠지 인류가 귀엽고 애틋해진다.
히히 이따가 과자 먹어야징
똥!
아- 애니나 보고 싶다

성인이 되면 응당 성숙해질 거라는
나의 은밀한 상상은 아주 틀렸다.
혹시 이거 내용 아세요?
아- 이거…
나도 잘 몰라잉
다들 좀 더 잘 숨기게 될 뿐이다.

그리고 진정한 성숙은
사랑하는 사람 앞에서

오늘은 내가 우리집 개그맨~

ㅋㅋㅋㅋㅋ
기분 좋아졌어

자존심쯤은
내려놓는 것이란 사실을 안다.

지난한 바깥 세상을 살아내며
안에서만 귀여워지는 어른이들.

오늘 짱구 완결까지 달리자

완전 좋아

오늘 하루도 어른스러우느라 고생했습니다.
오늘 밤은 마음껏 유치해지십시오.

관계에 대한 고찰 ②

갈 사람은 가고
올 사람은 오는구나.

관계의 지속에는 일정 이상의
노력이 필요하다.

과한 집착은 의미가 없다.

떠나간 사람들은 죄가 없다.
떠나야 했던 나도 마찬가지고.
그저 각자의 자리에서
열심히 살게 되었을 뿐.

죄 없는 이별은 상처 혹은
쓸쓸함이 되겠지만
어쩌겠나.
이미 본래의 그것이 아니게 됐는데.

친한 친구, 가까운 지인, 연인
이라는 이름 아래
여러 사람들이 지나갔고
또 머물고 있다.

잘 지켜야만 하는 관계,

잘 지키고 싶은 관계,

잘 지키고 싶고 그것이 쉬운 관계,

잘 지키고 싶지만 그것이 어려운 관계가

휘몰아친다.

얼마나 먼저 다가가야 할지,
또 머물러야 할지

나는 아직도 그 선을
다 알지 못한다.

잘 지키고 싶었지만
옅어지고 있는 관계를

두 눈으로 확인할 때마다
조금 허할 뿐이다.

음식을 나눠 먹으며
농담을 주고받던 때를 떠올린다.

고난과 멍을 기꺼이 내보이고
웃음과 위로를 내줬던 사람들.

잘 지내라고 말하고 싶다.
또 만나자고 말하고 싶다.

나는 여전히 많이 생각한다고 말하고 싶다.

전해지지 않은 편지가
읽히길 바라는 마음으로.

잘 지내.
꼭 잘 지내.

믿는 구석.
믿는 구석 있는 이가
참 부러웠다.

나는
믿을 구석이 없다고 생각했으니까.
와락 의지할 사람은
세상에 아무도 없었다.

내가 하고 싶은 일을
마음껏 하게 해준다거나

어려운 일이 있을 때
힘껏 도와주는 사람을
너무 가지고 싶었던 나날.

자꾸만 다가오는
무서운 현실을 상대로

엉거주춤한 자세로 맞서면
참 외로워지곤 했다.

그럼에도
나는 살고 싶었고,
이왕이면 잘 살고 싶었기에
어떤 구석들을 만들기 시작했다.

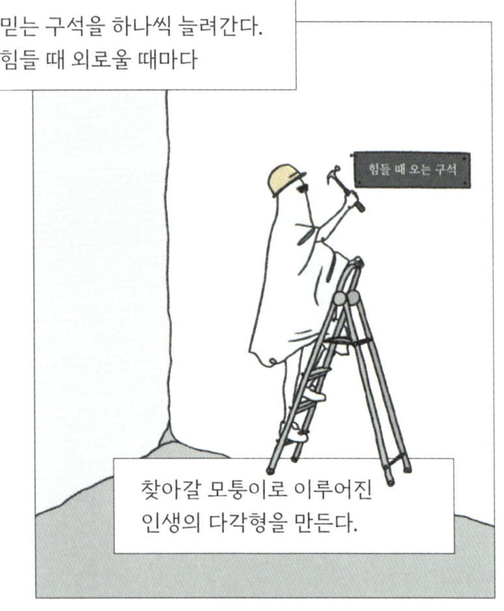

믿는 구석을 하나씩 늘려간다.
힘들 때 외로울 때마다
힘들 때 오는 구석
찾아갈 모퉁이로 이루어진
인생의 다각형을 만든다.

힘들 땐, 창작의 구석으로 간다.
응어리진 마음을 쓰고 그린다.

두려울 땐, 능력의 구석으로 간다.
지금껏 이룬 크고 작은
성취들을 살펴본다.

행복하고 싶을 땐,
행복의 구석으로 간다.
좋아하는 사람들의 온기를
느끼면 된다.

내가 특히 좋아하는 건 행복의 구석이다.
만나면 행복이 보장된 사람들이 있다.

그들과의 공간은 어디든 행복의 구석이 된다.
나는 그 모퉁이에서 구원받는다.

그리고 이제는 스스로를
믿을 만한 구석으로 여겨보고 있다.

강해지고 있는 나를 믿어보고 있다.

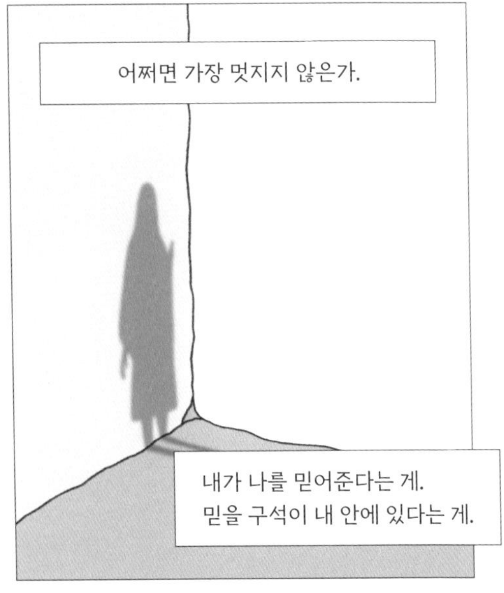

어쩌면 가장 멋지지 않은가.

내가 나를 믿어준다는 게.
믿을 구석이 내 안에 있다는 게.

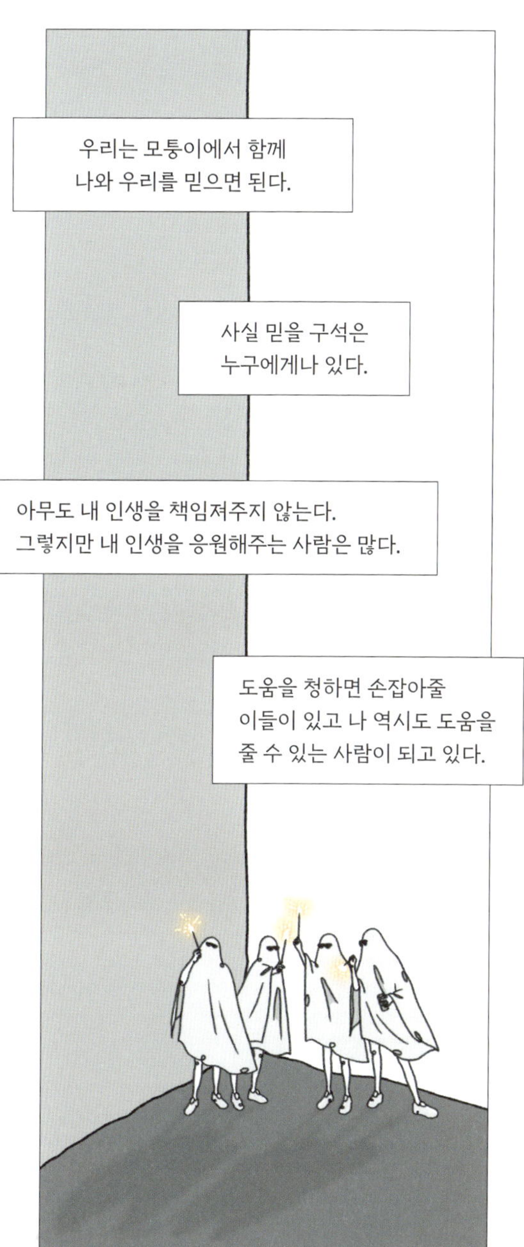

우리는 모퉁이에서 함께
나와 우리를 믿으면 된다.

사실 믿을 구석은
누구에게나 있다.

아무도 내 인생을 책임져주지 않는다.
그렇지만 내 인생을 응원해주는 사람은 많다.

도움을 청하면 손잡아줄
이들이 있고 나 역시도 도움을
줄 수 있는 사람이 되고 있다.

E이면서 I인 사람

나는 E다. 성격 유형 중 외향형^{Extroverts}, 내향형^{Introverts}을 가리키는 E와 I 중, 놀랍게도 나는 E인 외향형이다. 많은 이가 나에게 MBTI를 물어보는데 그때마다 내가 E라는 사실에 놀란다. 책이나 인스타툰으로 나를 먼저 만난 독자들은 특히나 그렇다. '어째서 이 인간은 내향형이 아니라 외향형인지' 의문하는 얼굴을 한다. 동그란 눈을 반짝이며 덧붙이는 "I인 줄 알았는데 의외네요"라는 말에는 "네, 죄송, 아니, 음, 네, 죄송합니다" 정도의 얼버무림으로 대화를 마무리하게 된다. 기대에 부응하지 못해 왠지 송구하다. 그런데 나는 MBTI를 반쯤만 믿기 때문에 사실은 반만 송구하다. 더구나 나는 내가 외향적이라는 것에 동의한다. 그러나 내향적이기도 하다. 나에게는 두 개의 기질이 모두 존재한다.

한 사람이 외향적이냐 내향적이냐를 구분하는 건, 단순히 사교성이나 말이 많고 적음의 문제가 아니다. 어떻게 에너지를 얻느냐의 문제다. 사람들 사이에 있으면 힘이 나는 사람은 외향인, 혼자 있어야 충전이 되는 사람은 내향인. 그런데 내 경우는 조금 복잡하다. 나는 분명 사람을 좋아하고, 분위기를 정돈하고 유머를 첨가해 대화를 굴리는 데 익숙하다. 낯선 자리에서도 의외로 금방 적응한다. 타인과 말을 섞으며 힘과 싱그러움을 얻는다. 그럴 땐 스스로가 진실로 외향인처럼 느껴진다.

하지만 누군가와 시간을 보내고 집에 돌아오면, 몸보다 마음이 먼저 씻겨나간 듯한 피로가 남는다. 즐거웠는데 지쳤다. 웃었는데 텅 비었다. 이 역설을 오래 이상하게 여겼다. 외향형이면 늘 에너지가 차오르는 것 아닌가? 그렇지 않았다. 오히려 사람들 사이에서 살아 움직이지만, 그만큼 빠르게 닳기도 한다. 그 닳음이 쌓이면, 나는 갑자기 아주 조용한 방으로 숨어들고 싶어진다. 아무 말도 하지 않고, 아무 역할도 맡지 않고, 그냥 나로만 존재하는 시간이 필요해진다.

그래서 나는 내 T를 '바깥과 어울리는 재능'이라고, 내 I를 '안으로 돌아오는 본능'이라고 생각한다. 나는 사람을 만나며 세상을 배우고, 혼자 있는 시간에 그 배움을 정리한다. 사람들 사이에서 느낀 미세한 표정과 말투, 한 문장의 온도, 관계의 결 같은 것들이 내 안에 차곡차곡 쌓였다가 어느 순간 글이 된다. 어쩌면 독자들이 나를 I라고 생각하는 이유는 그 정리된 결과만 만나기 때문일지도 모른다. 나는 활발하게 살다가, 조용히 기록한다. 웃다가, 곱씹는다. 그리고 곱씹은 것을 문장으로 내놓는다.

외향인이라는 단어가 마치 늘 사람을 찾고, 늘 씩씩하고, 늘 기운이 넘치는 사람처럼 들리지만 나의 경우엔 늘 그렇진 않다. 나는 사람을 좋아하지만 사람에게 쉽게 흔들리고, 모임이 즐겁지만 모임 뒤엔 침묵이 필요하다. 누군가의 말을 잘 들어주다가도, 그 말이 내 안에서 오래 울려 마음을 어지럽힌다. 그래서 나는 내 외향성에 예민함이 함께 붙어 있다고 생각한다. 그리고 그 예민함은 내향성의 얼굴을 하고 나를 찾아온다.

결국 나는 E와 I 중 하나가 아니라, 둘 사이를 왕복하는 사람이다. 밖으로 나가 사람을 만나며 즐거움을 얻고, 안으로 돌아와 나를 회복한다. 누군가에게는 의외일 수 있지만, 나는 그 왕복이 내 삶의 리듬이라고 믿는다. 그러니 이제는 누가 "I인 줄 알았는데 의외네요"라고 말하면, 나는 덜 죄송하려고 한다. 이제는 웃으며 말해야지. "네, 저도 의외예요. 근데 저, 외향적이면서 내향적인 사람입니다."

( )가 내 곁에 없는 삶

모든 삶에는
끝이 있다는 게

문득 무섭습니다.

어떻게 살아가는지
경의로울 따름입니다.

알면서도 몹시 무섭습니다.

산 사람은 살아야 한다는 말이
아주 이해가 되면서도

너무 무겁게 느껴집니다.

(   )가 내 곁에 없는 삶.
괄호 안에 내가 사랑하는 사람들의
이름을 넣으면 마음이 무너질 것 같습니다.

모두가 죽음을
어떻게 견디는 걸까요?
어떤 작별을 견디고 있는 걸까요.

그러면서도 나의 죽음에는
타인이 너무 슬퍼하지 않았으면
하는 마음은 이기적일까요?

생각해보면 생은 너무도 찰나입니다.

사랑하는 사람들이 동시에 숨 쉬고 있는
이 순간이 가끔은 기적처럼 느껴집니다.

우린 기껏해야 몇십 년을 함께할 수 있겠지요.

모든 글이 유서 같고
모든 말이 유언 같습니다.

죽음 앞에선 모든 것이 선명해집니다.
어떤 것을 소중하게 여기며 살지요.

죽음을 무서워하지만은 않아야겠지요.
겁만 먹고 있기엔
짧아도 너무 짧은 삶이니까.

괄호 안에 들어가면
눈물 날 것 같은 사람과

함께 밥을 먹고,

대화하고,

찬찬히 걸어볼래요.

우리는 제법

무결한 농담처럼 살지.

출근하기 싫다.
내가 너를 납치했다고 해.
그래. 그러자.
이렇게 좀 더 있자.

너는 책장의 펼치지 않은 책처럼
묵묵하게 있고
나는 펴지 않아도 읽은 것처럼
너를 본다.

오뚝한 코로
나를 막 웃기려고 하면
나는 좀 곤란한 채로 녹듯이 웃었다.

영원은 없는 단어 같고

너는 없는 단어의
유일한 증명 같다.

헹궈도 옅어지지 않을 밤에
우리는 자주 잔을 맞췄다.

아름다운 낭비는
낭비가 아닌 것을 배우면서.

같은 화면,
같은 음식,

같은 우리를 보는 것이
낭비의 전부였다.

내 기억 속
어린 너는 빠르게 사라지는데

더 빠른 속도로
너가 자랐다.

동그란 머리.
나는 아주 멀리서도

너를 알아볼 수 있다.
화가 난 채로도 웃음이 났다.

때는
봄이 오는 밤이었고

우리는
영원히 웃을 농담 같았다.

의외로 가장 유치한 이야기와
내 미래 계획은…
가장 진지한 이야기는
같은 사람에게 나누게 된다.

나는 같은 사람 앞에서
6월엔 달디단 참외를 먹고
7월엔 미치게 단 수박을 먹는 거야
그 계획에 완전히 동의해
제일 경박한 말을
또 제일 깊은 말을 내뱉는다.

우리의 대화는 대체로
그 사이에 자두랑 복숭아를
착착 끼워서 먹어야 해
일단 던지고 보는 개그와
순환하는 놀림.

그리고 가끔
누구에게도 말하지 못하는
깊숙하고 무거운 이야기.

나는 한 사람 앞에서
누구보다 유치한 사람이고
누구보다 진지한 사람이다.
그게 동시에 가능하다.

너는 나의 가장 밝게 웃는 얼굴과
가장 슬프게 우는 얼굴을
모두 알고 있다.

얼마나 다행이야.
내 모든 얼굴을 아는 게 한 사람이고
그게 너라는 게.

부담스럽지 않은,
묵묵한 다정.
그런 다정 앞에서는
속절없이 솔직한 얼굴을 하게 돼.

가장 유치한 이야기와
가장 무거운 이야기를

너는 모두 흡수하듯
받아준다.

어떤 이야기의 끝이든
너는 나에게 웃음을 주려고 한다.

유치에는 유치를 더하고
진지에는 개그를 더해서.

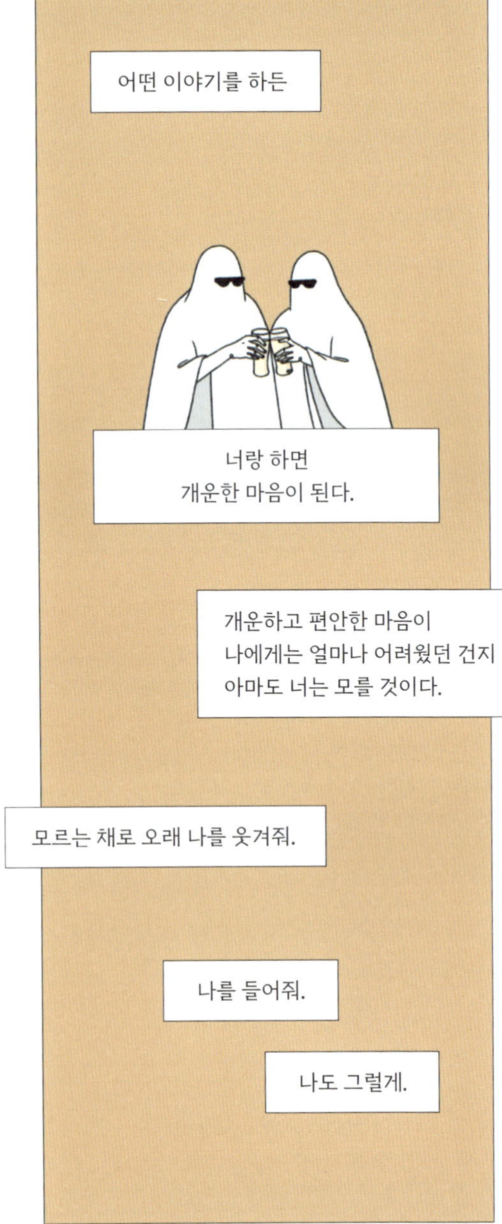

어떤 이야기를 하든

너랑 하면
개운한 마음이 된다.

개운하고 편안한 마음이
나에게는 얼마나 어려웠던 건지
아마도 너는 모를 것이다.

모르는 채로 오래 나를 웃겨줘.

나를 들어줘.

나도 그럴게.

사람은 사랑을 배워서도 할 수 있다

그 결핍은
흉터를 넘어

누군가에게 건네고 싶은
다정의 모양이 되기도 한다.

어릴 때 바라던 말 한마디와
따뜻한 품.

그것들이 왜 나에게는 없었는지
원망과 같은 의문을 품기도 한다.

시간이 흘러 나는 어느 정도
사랑을 줄 수 있는 사람이 되었다.

조금은 어색하지만,
받고 싶었던 말 한마디와 품 한 번을
내어주기 시작했다.

타인을 위한 사랑이지만

타인이 투영된 어린 나에게
닿을 수 있다는 듯이.

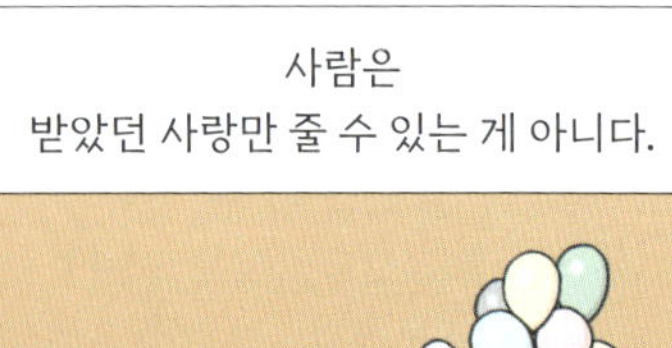
사람은
받았던 사랑만 줄 수 있는 게 아니다.

받고 싶었던 사랑을
배워서 줄 수도 있다.

사랑을 줄 수도 있는 사람은
점차 받을 수 있는 사람으로 진화한다.

그렇게 사랑은 구원이 된다.

이윽고 나는
조금 가벼워진다.

흉터가 빠져나간 것처럼.
고통이 기화한 것처럼.

사람은
사랑을 배워서도 할 수 있다.

나는 그렇게 믿는다.

이리 와.

한번쯤 이렇게 안아주고 싶었어.
너무 많은 걸 어깨에 지고 있는 것 같아서.

나는 사랑 받고 싶었어.

너무 모든 걸 감당하려고 하지 마.

응.

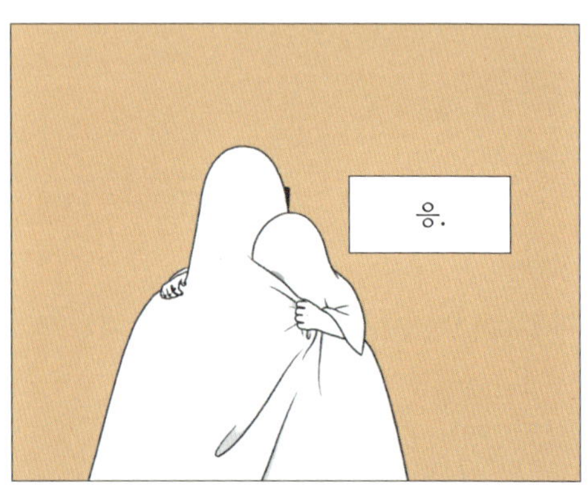
응.

숭고하다기엔 좀 웃기고
아니라기엔 깊은 이야기

사랑 이야기를 해보려고 한다. 가장 유치한 이야기를 들어주는 사람이자 가장 진지한 이야기를 들어주는 사람에 대한 이야기를.

나는 오래도록 사랑에 대해 직접 쓰고 싶지 않았다. 우리의 사랑이 숭고하다기엔 좀 웃기고, 아니라기엔 깊어서. 글로 옮기면 왠지 거창해지면서도 어떤 부분은 납작해지고 마니까. 그럼에도 결국 쓰는 이유는 우리의 이야기를 언젠가는 기록해보고 싶은 음험한 욕망이 있기 때문이다. 아무것도 모를 때 만나서, 뭔가를 조금은 알아가고 있는 지금까지의 사소하고 깊다란 이야기를. 되도록 아무것도 신성화하지 않고, 너무 뭉개지지 않게 써보려고 한다. 이런 다짐은 대개 실패로 돌아가지만서도.

나는 연애를 하기엔 피곤한 유형이다. 왜, 그런 사람이 있지 않은가. 타인에게는 늘 친절하지만, 바깥에서 에너지를 다 소진한 탓에 가까운 사람에게는 말머리가 쉽게 거칠어지는 사람. 지금이야 가족과 연인의 귀함을 깨닫고 고쳐가고 있지만, 나는 꽤 오랫동안 그런 사람이었다. 또 기분은 왜 이렇게 롤러코스터를 타는지. 쉽게 기쁘지만 그만큼 쉽게 슬퍼졌다. 뭐든 다 해낼 수 있을 것 같다가도, 정말이지 아무것도 할 수 없을 것 같은 불길한 기분이 들었다. 나는 예민한 나 하나를 이해하고 건사하기에도 벅찬 사람이었다. 그래서 남과 발을 잘 맞추어야 하는 것들, 특히나 연애 같은 건 어울리지 않는다고 생각했다.

그런데도 연애는 시작되었다. 세상에 갓 나온 이십 대 초반에. 우리는 같은 학교에 다녔고, 같은 동아리 활동을 했다. 그러다가 각오도 다짐도 없이 서로에게 마음을 주었다. 그는 돌멩이 같은 사람이었다. 다른 세계에서 건너온 듯, 나와는 전혀 다른 사람. 한 번도 예민하다는 말을 들어본 적이 없을 것 같은 사람. 말 한마디에 마음이 흔들리는 나와 달리, 그는 쉽게 동요하지 않는 쪽에 가까웠다. 나는 그 단단함이 때로는 부러웠고, 때로는 닿을 수 없는 거리처럼 느껴졌다. 그럼에도 그의 무던함 옆에 있으면 내 울렁임이 조금씩 가라앉았다. 얇은 티슈를 무심히 눌러주는 누름돌처럼, 말없이 나를 붙잡아주었다.

그는 내가 예민하다는 사실을 빠르게 알아챘다.

내가 불안을 쏟아내면 그는 묵묵히 들어주었다. 별다른 첨언은 하지 않았다. 내가 하고 싶은 말을 다 하라는 듯, 오래도록 가만히 들었다. 말을 다 하고 나면 마음속 답답함이 한결 옅어졌다. 깨끗한 조약돌을 손에 쥔 느낌이었다. 내가 남몰래 요동치는 순간도 곧잘 눈치챘다. 웃다가도 금세 시무룩해지고, 재잘거리다가도 이내 조용해지고, 행복에 젖어 있다가도 눈빛이 꺾이는 순간들. 그는 그런 것들을 이상하다고 여기지 않았다. 그냥, 그렇구나, 하고 받아들였다. 그게 얼마나 고마운 일이었는지 나중에야 깨달았다. 그는 나를 구태여 이해하려 들지 않았다. 대신 그저 내 편이 되었다. 나로서는 처음 겪는 방식의 관계였다.

그러나 우리는 참 많이도 싸웠다. 장점은 단점이 되기도 하고, 달라서 좋은 것은 달라서 싫은 것이 되기도 하니까. 우리는 성격만 정반대인 게 아니었다. 취향도 무척 달랐다. 자의로 도서관에 가본 적이 없는 너와, 자의로 피시방에 가본 적이 없는 나. 여행 일정표를 짜본 적 없는 너와, 무계획 여행을 떠나본 적이 없는 나. 화가 나면 말수가 더 적어지는 너와, 곧바로 대화를 통해 풀어야 하는 나. 우리가 다투는 이유는 다양했고, 대체로 기억이 나지 않을 정도로 사소했다. 싸우는 당시에는 왜 그렇게도 분하고 못 참겠는지.

사랑을 하면 할수록 나는 내가 얼마나 미숙한 사
람인지 자주 확인하게 되었다. 사랑은 내 안의
어린 부분을 자꾸만 꺼내놓았다.

화해를 잘하는 법을 배우는 것도 사랑의 중요한
부분이었다. 우리는 수없이 실패하고 좌절하고
서로를 포기할 듯이 굴다가도 결코 포기하지 않
았다. 우리는 하나씩 배웠다. 먼저 사과하는 법,
매끄러운 말을 고르는 법, 상대의 침묵을 너무
빨리 결론 내리지 않는 법…. 마음만으로는 안 되
는 순간들이 있었고, 그때마다 이 사랑을 저버리
지 않으려고 부단히 배우고 익혔다. 그제야 사랑
은 나를 성숙하게 만들었다. 우리는 상처를 주고
받으며 깊숙해졌고, 아픔을 통해 성장했다. 너와
내가 그렇게 조금씩 자랐다.

다행히 우리는 닮은 부분이 꽤 많다. 웃음 포인
트와 분노 포인트가 같고, 사람 많은 곳을 싫어
하고, 줄 서서 무언가를 먹는 걸 선호하지 않으
며, 외향적이면서 동시에 내향적인 것이 닮았다.
술을 좋아하고, 특히나 둘이 술을 마시면서 시시
한 농담을 나누는 것을 좋아하며, 무엇보다 서로
의 썰렁한 개그에 얼굴이 빨개질 때까지 웃는 게
비슷하다. 서로의 다른 점을 아주 당연하다고 받
아들이게 되면서, 다른 점보다 닮은 점이 더 크

게 느껴진다. 굳이 설명하지 않아도 서로의 기분을 대강 짐작할 수 있을 때, 같은 걸 보고 같은 말을 동시에 할 때, 아무 일도 일어나지 않는 시간이 편안해졌을 때. 그럴 때 나는 우리가 꽤 오래 함께했다는 사실을 실감한다.

우리의 사랑은 좀 웃기다. 서로를 구원하는 이야기도 아니고, 매번 옳은 선택만을 하는 관계도 아니다. 사소한 일로 투닥거리다 금세 잊고, 대단한 이유 없이도 다시 같은 편이 된다. 사소한 이유로 싸우고, 이상한 농담으로 화해한다. 대단한 순간보다 어설픈 순간이 더 많이 쌓여 여기까지 왔고, 그 어설픔을 굳이 숨기지 않아도 된다는 점이 이 사랑의 가장 큰 멋짐이다. 그래서 우리는 특별해지기보다 평범해지는 쪽을 택했다. 숭고하지 않아서 오래 버틸 수 있는 관계.

나는 여전히 예민한 사람이지만, 그런 나도 사랑받을 수 있음을 이제는 조금 믿는다. 이 이야기는 아직 끝나지 않았다. 가능한 한 납작해지지 않게, 가능한 한 신성화되지 않게, 계속 내 인생에 쓰일 것이다. 실패할 걸 알면서도. 좌절할 걸 알면서도. 그럼에도 결코 포기하지 않으며. 그게 내가, 그리고 우리가 사랑을 하는 방식이다. ▰▰

4장

작고 고요한 힘

저에게는
자주, 오래 통화하는
친구가 있습니다.

긴 시간 통화를 한다고
나 오늘 쾌변했다
영양가 있는 대화를 한다거나
내내 말을 잇는 것은 아닙니다.

뭐 하고 있었어?
오늘 재밌는 일은 없었어?
재밌는 얘기 좀
바보, 바보, 하고 놀리는 것이
거의 대부분의 내용입니다.

재밌는 얘기를 해달라고 하면
대체로 그런 일이 없다고 한다든가
오늘 그 사람이…
어떤 소식을 들려주더라도
대단히 재밌지는 않은 이야기지만

뭘 딱히 안 해도
적당히 연결되어 있는
시간이 편안하여 참 좋았습니다.

그러다가 최근에는 '우리 너무 영양가 없는
대화만 하는 거 아닌가' 하고 말하니 친구가
우리 너무 영양가 없는
대화만 하는 거 아녀?
음… 책 읽어줄까?
'책 읽어줄까?' 하고 물었습니다.

친구는 머리맡에 둔,
제가 일전에 선물해준
하얀 라일락 향기가 문득…
필사책을 펼쳐
몇 구절을 읽어주었습니다.

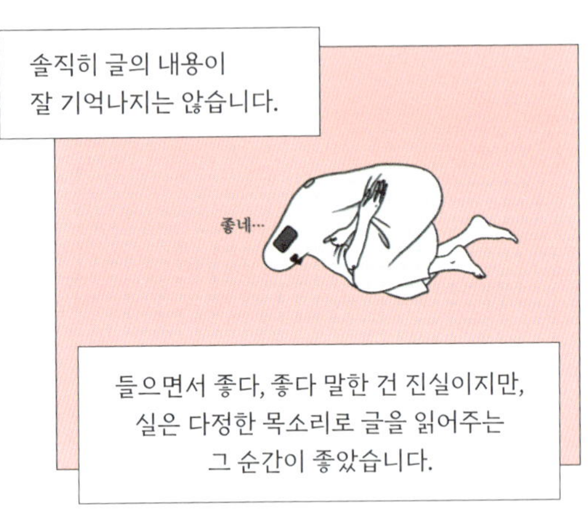
솔직히 글의 내용이
잘 기억나지는 않습니다.
좋네…
들으면서 좋다, 좋다 말한 건 진실이지만,
실은 다정한 목소리로 글을 읽어주는
그 순간이 좋았습니다.

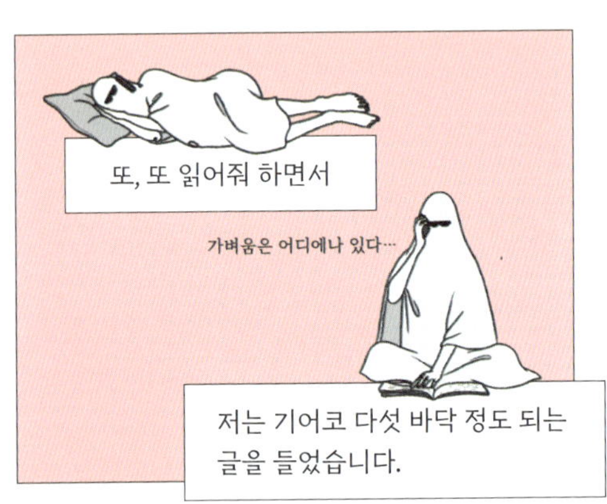
또, 또 읽어줘 하면서
가벼움은 어디에나 있다…
저는 기어코 다섯 바닥 정도 되는
글을 들었습니다.

왜 아이들이 엄마에게 동화책을
계속 계속 읽어달라고 하는지
어렴풋이 알 것 같더군요.

나에게만 들려주는 한밤의 이야기,
그 상황과 온도가 좋은 것이지요.

그날은 조금 더 가뿐하게
잠에 들 수 있었습니다.

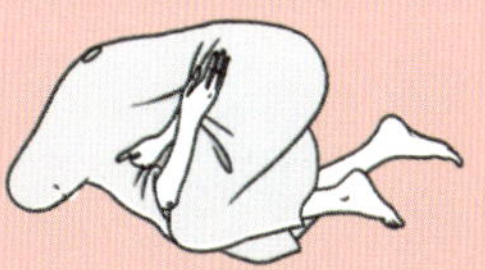

글이 좋았던 것인지
통화가 좋았던 것인지는 모르겠습니다.

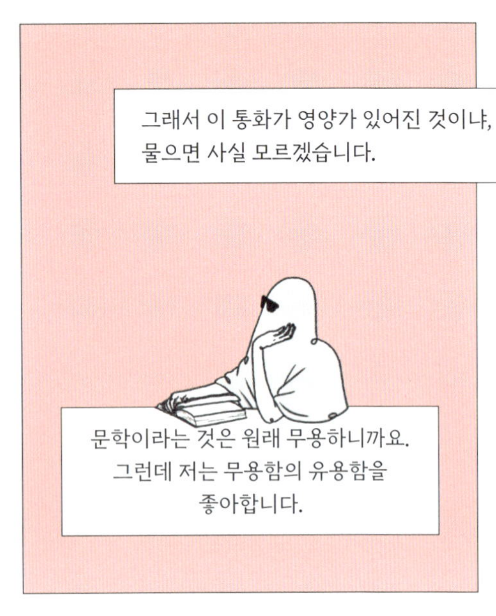

그래서 이 통화가 영양가 있어진 것이냐,
물으면 사실 모르겠습니다.
문학이라는 것은 원래 무용하니까요.
그런데 저는 무용함의 유용함을
좋아합니다.

문학은 무용해서 인간을 억압하지 않지요.
유용한 것은 끝없이
가지고 싶어 하는 게 인간이니까요.
무용한 것에 둘러싸이는 순간,
욕망은 잦아들고
그제야 한 뼘 평안해집니다.

우리는 또 서로를 놀리고
재밌는 이야기를 내놓으라고 협박하고

가끔 책을 읽어주면서
오래도록 통화하겠지요.

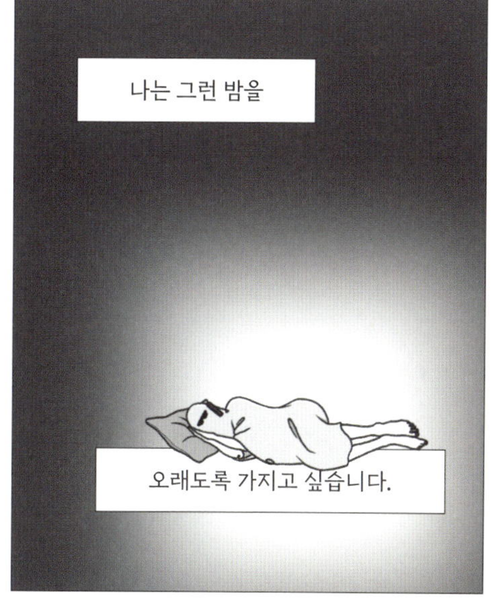

나는 그런 밤을

오래도록 가지고 싶습니다.

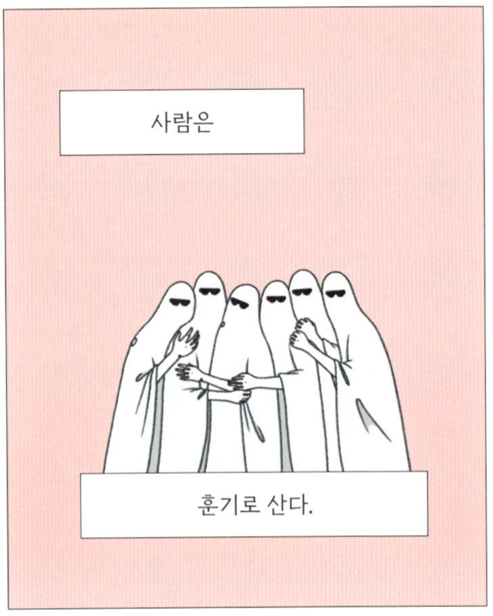

사람은

훈기로 산다.

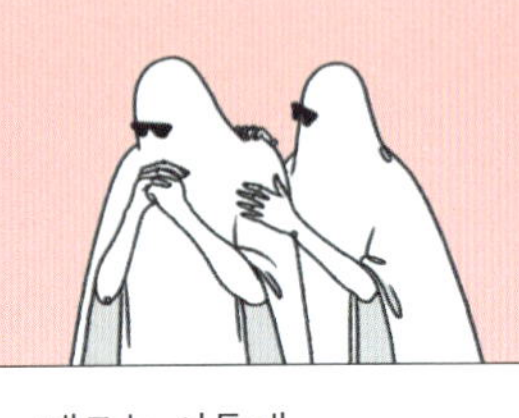

아무리 AI가 상담을 잘해주는 시대라지만,
나는 사람이 주는 위안이 좋다.

때로는 서툴게
때로는 유머스럽게
때로는 진중하게
위로를 주는 것이 좋다.

고뇌하는 나에게
어떨 땐 웃겨서 온기를 주고

그럴 때는 중지로
안경을 올려

어떨 땐 본인의 경험을 통해
온기를 주는 게 갸륵하고 감동적이다.

AI가 인간을 온전히
대체할 수 없는 이유는
상호작용 때문이지 않을까 싶다.

일방적으로 도움을 주는 존재 말고
서로 도움을 주고받는 관계란 얼마나 귀한가.

서로가 서로의 모자람을 아는 관계.

서로가 서로의 선을 알고
섬세하게 실례를 하는 순간들.

시간의 견고한 겹 덕에

서로의 선을 알고
편안하게 농담하는 게 좋다.

우리가 그렇게 될 때까지
치밀하게 살폈던 마음과

서툴렀던 순간들이 찬란하다.

사람은 자신을 필요로 하는 곳에
머물기를 바란다.

우리는 우리가 부족한 순간에
서로의 쓸모를 기꺼이 발현한다.

그런 순간이 모여

그래도 샴페인은
내가 잘 따지~

예이~

훈기가 차고
추억이 된다.

비슷한 결을 가진,
뜨끈한 맥박을 가진

이들과 오래도록 놀고 싶다.

오래도록. 오래도록.

카페 화장실 앞에는
'청소 중' 팻말이 서 있었고

나는 자리로
되돌아가려는 중이었다.

"지금 쓰셔도 돼요!"
직원이 나를 보곤 급히 나와
작게 '웃차' 소리를 내며
팻말을 치워주셨다.

"미끄러우니까 조심하세요~"
그는 화장실로 들어서는 나에게
다정히 말을 건넸다.

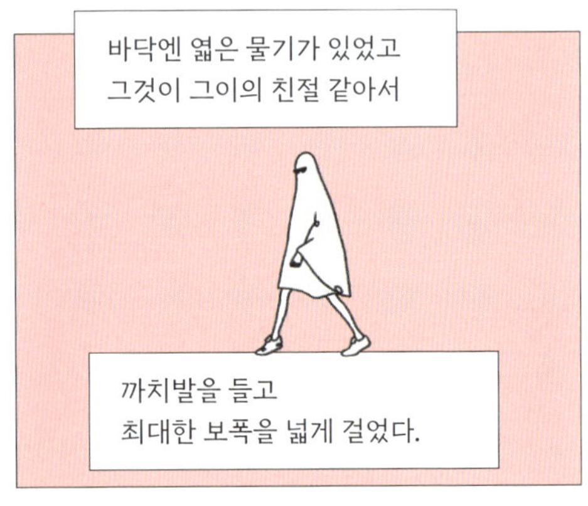

바닥엔 엷은 물기가 있었고
그것이 그이의 친절 같아서
까치발을 들고
최대한 보폭을 넓게 걸었다.

카페를 빠져 나와 지하철을 타고
집으로 돌아가는 길,

'나 이렇게 살아도 되나'
하는 자괴적 생각에
습관처럼 빠져 있었다.

한강을 지날 때쯤, 이어폰 너머로
기관사의 방송이 희미하게 들렸다.

승객 여러분. 안녕하십니까.
저는 이 열차의 기관사입니다

휴대폰에서 눈을 떼고
집중해 듣기 시작했다.

"다들 한 해의 마지막을 따뜻하게
보내고 계실까요? 연말이 되면
올해 참 잘 보냈다고 생각하는 분보다
'이룬 것도 없는데 일 년이 지나갔다'고
생각하는 분이 많은 것 같습니다.

그렇지만, 아십니까?
'남들보다 더 잘하는 것'보다
'남들과 함께 일을 해내는 것'이
더욱 대단한 것이라고 합니다.

그러니 하루하루
할 일을 해내신 건,
그 자체로 훌륭한 일입니다.

매일 아침
일찍 일어나 출근을 하고
매일 일상을 사시느라
고생 많으셨습니다.

집으로 돌아가셔서는
푹 쉬시길 바랍니다.
오늘 하루도
수고하셨습니다."

그 말은 선명하게 따뜻해서
막연한 불안을
뭉근하게 녹였다.
초라해 보였던 내 한 해가
조금은 기특하게 느껴졌다.

인간의 친절이란 그런 것이다.
발을 신경 써서 딛게 하는 것.
휴대폰에서 눈을 떼고 야경을 보게 하는 것.
올 한 해를 괜찮았다고 느끼게 만드는 것.

친절은 강한 것이란 사실을
상기하는 날이다.

나도 조금 더 친절한 인간이
되자고 다짐해본다.

친절은 누군가의 하루를

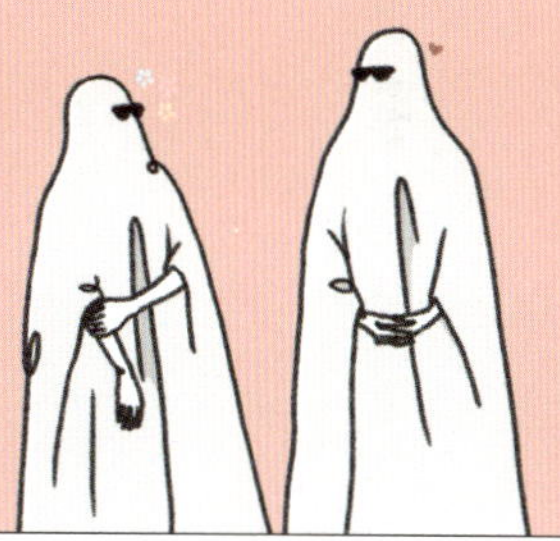

어쩌면 한 해를 충만하게 하니까.

주말 사이
얄궂게 봄비가 온다는 소식에

서둘러 벚꽃을 보러 갔다.

벚꽃은 몽글몽글 피어 있었고
사람들은 옹기종기 모여
카메라에 담기 바빴다.

모두 은은하게 웃으며
겸연쩍게 포즈를 취했고
세상 아이들과 강아지들이
모두 나와 퐁퐁 걷고 있었다.

각자만의 봄을 즐기고 있는
사람들을 보니
명치가 부풀었다.

꽃을 보려고 사는 것 같다.

봄에는 벚꽃을, 여름에는 장미를,
가을에는 단풍을, 겨울에는 눈꽃을.

그사이 기념일들에는 꽃다발을.

일상이 번번이
특별할 수는 없지만

꽃을 챙기는 순간을
잃지 않으며 살고 싶다.

성실하게 온 주말.
틀리지도 비가 온다.

창밖 벚나무가
앙상한 모습으로 비를 맞고 있다.

폴폴 떨궈지는
연한 꽃잎이 아쉽지만

사진첩에 올해의 봄을
넘치도록 담았으니 괜찮다.

생에서 끊어가는 것이
얼마나 중요한가.
꽃 보러 가서
근심을 잠시 잊어보는 순간들이.

이 기억을 지어
며칠을 먹고 살겠지.
다음 꽃을 기다리면서.

기다리면서.

소소함의 거대함

우리를 살게 하는 이유가 언제나 거창하고 선명한 것은 아니다. 성공을 향한 열망이 고난을 견디게 하고 성취감이 자신감을 북돋기도 하지만, 결국 삶을 지속하게 하는 것은 대개 소소하고 눈에 띄지 않는 것들이다. 삶이 무너지지 않도록 붙들어주는 힘은 보이지 않는 곳에 숨어 있다.

우리는 쓸모와 효율의 세계에 발을 딛고 산다. 계획을 세우고 목표를 정하며 그것을 위해 묵묵히 일하고 공부한다. 미래를 지향하는 태도는 삶을 윤택하게 하지만, 그 과정은 늘 뒷목을 팽팽하게 당긴다. 숨 고를 틈 없이 앞만 보고 걷다 보면, 무언가를 끊임없이 움켜쥐어야 한다는 강박으로 우리는 쉽게 지치고 만다. 손에 쥔 것을 놓지 않으려 애쓰는 시간이 길어질수록 몸과 마음은 딱딱하게 굳어간다.

그럴 때 나를 다시 유연하게 만드는 것은 작고 사소한 것들이다. 목적 없이도 이어지는 대화, 우연히 마주친 친절, 계절의 변화를 느끼려 나선

소풍 같은 것들. 그것들은 나에게 무언가를 증명하라 요구하지 않는다. 잘하고 있는지 묻지 않고, 더 나아가야 한다고 재촉하지도 않는다. 성취를 평가받지 않는 자리에서 나는 비로소 편안해진다. 소소한 것들은 나를 '나중'이 아닌 '지금 이 순간'에 머물게 한다.

그것들의 공통점은 명확하다. 나를 밀어붙이는 대신 잠시 멈추게 한다는 것. 호흡을 가다듬게 하고, 굳어 있던 감각을 되돌려준다. 욕망이 가라앉는 순간, 우리는 비로소 현재를 산다. 아무것도 더 얻지 않아도 괜찮다는 사실이 이토록 큰 안도가 될 줄은, 바쁘게 살 때는 미처 알지 못한다.

바쁘다는 핑계로 '나중에'를 연발하던 때가 있었다. 소중한 이에게 안부를 묻거나, 첫눈을 보러 밖으로 나가거나, 오래된 지인과 시시콜콜한 대화를 나누는 것. 그런 사소한 기쁨들은 늘 효율과 속도 뒤로 밀려나기 일쑤였다. 하지만 지금은 안다. 삶의 틈새를 소소한 것들로 채우는 일이 얼마나 중요한지. 그것들은 나를 구원하려 들지 않으면서도, 결국 나를 살게 한다. 대단할 것 없는 무용한 것들이 모여 비로소 하루의 무게를 지탱한다. 나는 오늘도 그 작고 고요한 힘에 기댄다. ▬▬

'주말에 등산 갈 사람?'
메시지를 받고

별 고민 없이 대답한 것은
작은 비극의 시작이었다.

'악' 소리가 나서 관'악'산이라는 걸
알고도 가는 사람은 나….

등산 초보는 일반 운동화를 신고
장비 없이 관악산에 오르기 시작했다.

초반은 힘들긴 했지만, 꽤 오를 만했다.
친구들과 하하 호호 점심 메뉴도 논의하고
'등산과 인생을 비교하며 글을 써볼까'
뻔한 생각도 하며 산을 탔다.

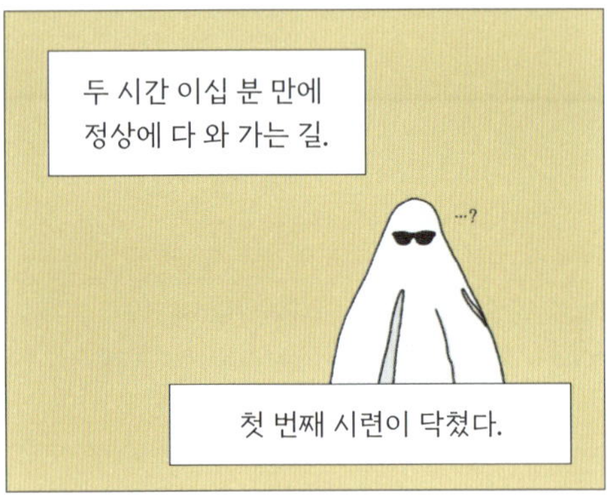
두 시간 이십 분 만에
정상에 다 와 가는 길.
…?
첫 번째 시련이 닥쳤다.

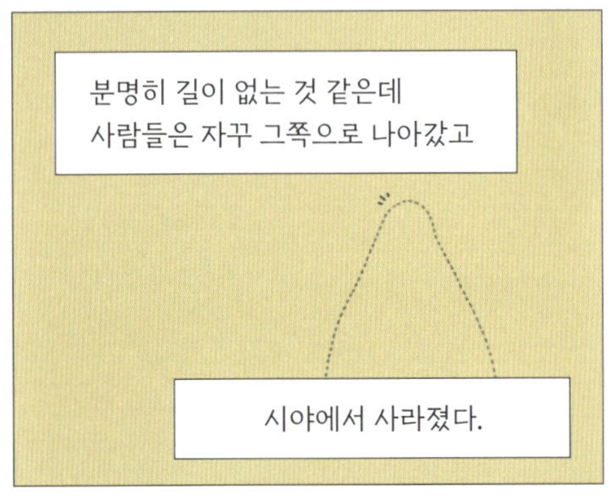
분명히 길이 없는 것 같은데
사람들은 자꾸 그쪽으로 나아갔고
시야에서 사라졌다.

몹시 가파른 절벽 같은 길이었다.

돌의 얇은 공간을 딛고 내려가야 했는데
고소공포증이 있는 나는 까무러칠 일이었다.

뒤에는 올라오는 사람들이 있어
다시 돌아갈 수도 없었다.

뇌에 힘을 주고 겨우 절벽 같은
암릉을 내려왔다.

혼미한 정신으로 정상에 도착해
김밥을 먹으며 심신을 정돈했다.

뿌듯하고 즐거운 마음으로
사진도 여럿 남겼다.

친구에게 답을 듣고
안심하며 하산길에 올랐다.

그는 양치기 소년이었다.

아까부터 '진짜 다 왔다'는 말을
일곱 번 할 때부터 알아봤어야 했는데….

작은 돌에서 돌로 건너가는
양옆 밑이 뻥 뚫린, 미친 구간이 또 나타났다.

내 앞뒤로는 지나가야 하는 등산객이 있었고,
나는 또 어쩔 수 없이 그곳을 건너가야만 했다.

한 발만 잘못 디디면
바로 저세상 사람이 될 것 같아서
인생 최대의 집중력을 발휘했다.

어찌저찌 살아서 건너온 후,
자연이 너무 무섭고 차가워서
집에 가고 싶어…
그럼 정신 차리고 걸어
친구 품에 3초 정도
안겨 있었다.

난 힘든 건 어떻게든 참지만
무서운 건 못 참는다.
정말로… 정말로….

시련은 아직 끝나지 않았다.
3월에도 녹지 않은 눈이 한가득이었다.
얼어 있는 돌산은 너무 미끄러웠는데
발에 힘 꽉 주고 내려갈 수밖에 없었다.

그 와중에 아기를 안고
등산하시던 아버지도 계셨다.
나무가 많지?
그건 정말 사랑이라고밖에
말을 못하겠더라.

하산 800m를 남겨두고 만난
등산 마스터 같은 할아버지께서
저기로 가면
버스 정류장이야
감사합니다…!
우리를 정류장까지 인도해주셨고
우당탕탕 등산은 무사히(…) 마무리되었다.

살아서 하산한 기념으로
치킨에 생맥주를 먹었다.
살았다…
살아서 내려왔어…
네 시간 등산 후 먹는 생맥이란….
이걸 위해 등산을 했구나 싶었다.

이번 관악산 등산은
그해의 최고 고난으로 등극했다.

이걸 이겨냈으니
앞으로의 인생살이는
아무것도 아닐 것 같다.

부 산 과 눈

0.5cm 쌓이는 함박눈에
신난 부산 시민들이
너무너무 귀엽다….

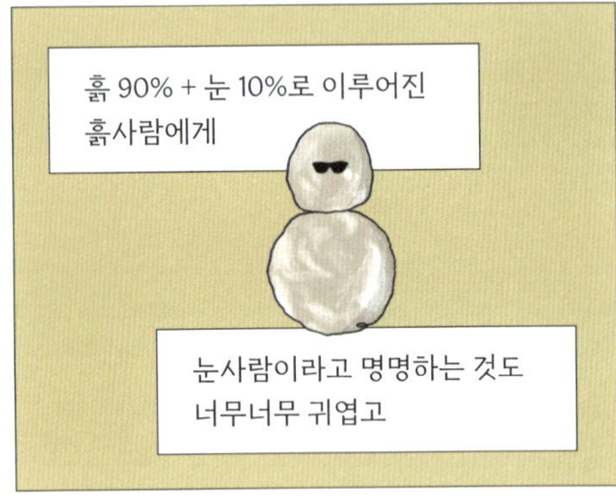
흙 90% + 눈 10%로 이루어진
흙사람에게
눈사람이라고 명명하는 것도
너무너무 귀엽고

옹기종기 창에 붙어서
눈 구경하는 직장인들도
너무너무 귀엽고

수업 중에 눈 온다고
운동장에 와르르 쏟아져 나와
눈을 만끽하는 학생들과
눈감아주는 선생님들도 귀엽다.

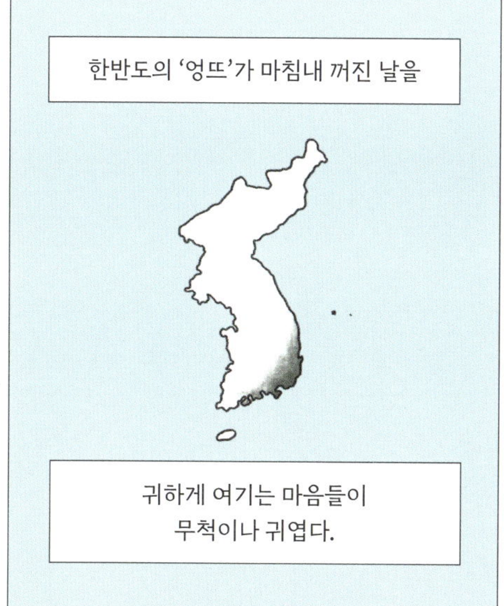
한반도의 '엉뜨'가 마침내 꺼진 날을
귀하게 여기는 마음들이
무척이나 귀엽다.

부산에 오래 살았던 친구가 서울에 상경해
첫눈을 보던 모습을 잊지 못한다.

새삼 아이처럼
눈을 바라보던 눈빛.

영원한 짝사랑 상대를
마침내 만난 듯한 찬란한 표정

손 시린지도 모르고
만든 눈사람.

눈 100%로 이루어진,
진짜 첫 눈사람.

눈은 참 좋은 거였구나.
새삼 나도 눈이 더 좋아졌다.
그이가 눈을
오래오래 좋아했으면 좋겠다.
그럼 나도 오래도록
겨울을 좋아할 것이다.

시켜줘,
부산 명예 눈사람….

친구는
두 시간을 기다려서
맛집 베이글 열다섯 개를 샀다고 했다.

그 귀한 걸
같이 나눠 먹자고
나와 친구를 집으로 초대했다.
그렇게 베이글 파티가 시작됐다.

우리는 각각의 베이글을
여섯 조각으로 나누고

네 번에 걸쳐 에어프라이어에
데워 먹었다.

세계 최초
베이글 오마카세….

내 인생에서 가장 많은 종류의
베이글을 먹은 날이었다.

먹는 동안 나눈 대화는 전부
베이글에 대한 진지한 맛 평가뿐.

좋긋항이…

늠늠 맛있당

트러플 항이…

어떤 근심, 걱정, 이슈도
이 식탁에 올라오지 않았다.

엄청나게 든든한 배를 부여잡고
그제야 서로의 안부를 물었다.

오늘 뭐 했냐

되게 쾌변함

여느 때처럼
시답잖은 농담이 오갔다.

그렇게 서너 시간을
늘 하던 이야기,

늘 해도 재밌는 이야기로
느슨하게 채웠다.

오늘 뭐 했냐

집으로 돌아가는 길.
마음이 빵처럼 푹신하고 따끈했다.

귀엽고 배부르고
등 따숩고 행복한 날이었다.

작은 것에 함께 행복할 수 있는
친구가 있다는 게

무척 좋다.
무엇보다도 좋다.

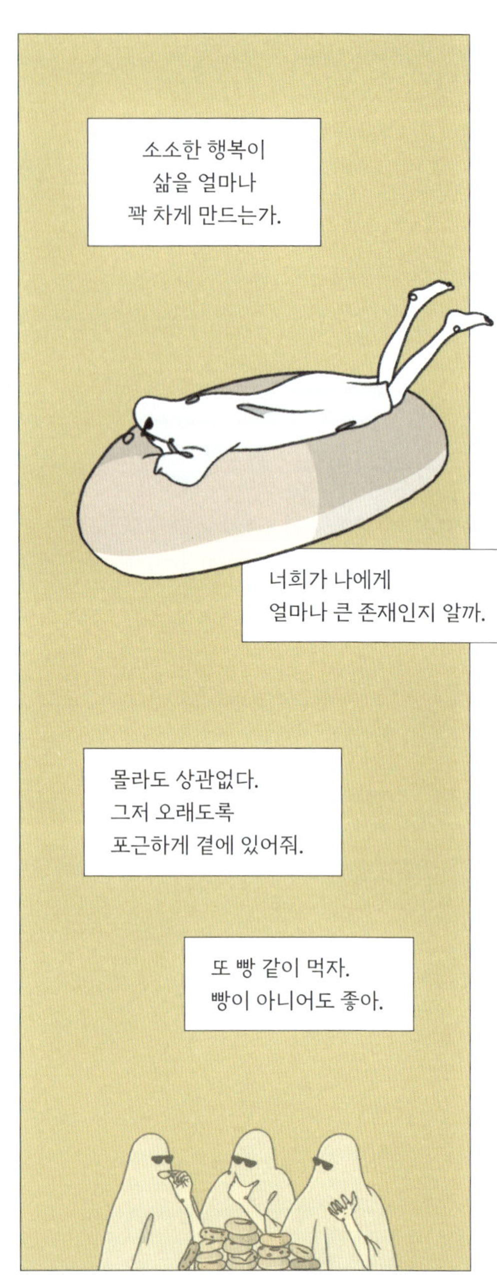

소소한 행복이
삶을 얼마나
꽉 차게 만드는가.

너희가 나에게
얼마나 큰 존재인지 알까.

몰라도 상관없다.
그저 오래도록
포근하게 곁에 있어줘.

또 빵 같이 먹자.
빵이 아니어도 좋아.

되게 기분 좋은 날.
일을 적당히 잘 쳐내고
퇴근하니 날이 선선한데
맛있는 저녁을 먹을 예정인 날.

일, 참 싫으면서 좋은 게
스트레스 받는 건 싫지만
자기 효능감이 충만한 느낌은 좋다.

해가 길어지는 봄.
퇴근해도 햇빛이 남은 세상이
너무 좋다.

이렇게 마음이 여유로운 날이면
사람들을 가만 살펴본다.

버스를 타러 뛰어가는 사람,
휴대폰을 보며 걷는 사람….

저 사람들에게는
어떤 서사가 숨어 있을까,

하고 바라보면
세상이 조금은 애틋해진다.

그이의 입체적 면모를 상상해본다.

과거사, 견디고 있는 것, 좋아하는 것,
어릴 적 꿈과 지금껏 내린 선택들,
모든 순간의 표정들….

어떤 선택들이 쌓여
나를 스쳐가게 되었나.

어떤 밤을, 어떤 계절을
보내고 있나.

유독 지쳐 보이는 이에게는
몰래 응원을 보내기도 한다.

집에 돌아가서는 따뜻한 밥을 먹고
안식하는 밤을 보내기를.

모두들 무언가를 견디고 있다.

그럼에도 행복을 발견하면서
살아가고 있다.

각자의 지난한 서사를 품은 사람들.

그들 사이를 지나다 보면 마음이 뭉클하다.
나도 열심히 살아야지 싶고.

모두들 오늘 하루도
정말, 정말 고생하셨습니다.

느슨함을 허락하는 사이

누군가와 시간을 나누는 일은 생각보다 극적이다. 각자의 일정과 마음의 여유, 서로를 향한 온기가 어느 한 지점에서 만나야 하기 때문이다. 나이가 들수록 이 조건들을 맞추기는 점점 어려운 일이 된다. "나중에 한번 보자"는 말들이 기약 없이 흩어지는 나날 속에서, 마침내 마주 앉은 시간은 그 자체로 기적에 가깝다.

함께 있는 동안 삶의 속도는 기분 좋게 헐거워진다. 서두르지 않고, 이 시간이 어떤 결과를 남길지 따지지 않는다. 대화가 잠시 끊겨도 불편함이 없고, 특별한 주제가 없어도 괜찮다. 같은 공간을 공유한다는 사실만으로도 팽팽했던 마음의 긴장은 뭉툭해진다. 선명한 기억보다 포근한 감각으로 오래도록 남는 시간이다.

식탁을 사이에 두면 하루의 흐름은 더 자연스럽게 섞인다. 음식을 나누며 각자의 시름은 잠시 문밖으로 밀려나고, 복잡한 생각들은 정리되기보다 잠시 멈춘다. 가벼운 농담 사이로 소박한 온기가 흐른다. 위장이 느끼는 포만감보다 먼저 찾아오는 것은, 텅 빈 마음을 조용히 채워주는 타인의 온도이다.

곁에서는 한없이 허술해 보이던 이들이 각자의 자리에서는 제 몫을 다하며 치열하게 살아가고 있다는 사실은 묘한 위안이 된다. 서로의 나약함을 알기에 온전히 쉬게 해주면서도, 동시에 다시 일어설 동력을 은근하게 전해주는 관계. 이는 홀로 결심한다고 얻어지는 것이 아니라, 오직 사람과 사람 사이에서만 만들어지는 기분 좋은 균형이다.

집으로 돌아오는 길, 어깨를 누르던 무게가 조금은 가벼워졌음을 느낀다. 대단한 정보나 심오한 지식을 나누지 않았어도 함께 머물렀던 분위기는 체온처럼 살결에 남는다. 특별한 성취가 없어도, 그저 누군가와 마주 앉아 시간을 보낸 것만으로 오늘 하루를 무사히 건넜다는 안도감이 차오른다.

혼자서도 살아갈 수는 있지만, 삶의 무게를 잠시 내려놓는 감각은 타인과 나란히 있는 자리에서만 생겨난다. 각자의 삶을 유지한 채 잠시 곁을 내어주는 그런 생산적이지 않은 시간이 있기에,

우리는 다시 각자의 일상으로 기꺼이 돌아간다. 타인이라는 존재를 통해 내가 연결되어 있음을 확인하는 과정은 생각보다 큰 힘이 된다.

문득 돌아보면 그날의 대화 내용은 벌써 흐릿하다. 하지만 함께 웃으며 들이마신 공기의 온도와 헤어질 때 나누었던 짧은 인사의 잔상은 몸속에 단단히 새겨진다. 기록되지 않을 만큼 평범한 순간들이 모여 다음 만남까지 나아갈 수 있는 다리가 되어준다. 거창한 위로나 격려가 아니더라도, 그저 안부를 묻고 밥을 먹는 일만으로 하루의 매듭은 단정하게 지어진다. ☻

모래성을 빼앗긴 것처럼

세상일이 다

내 마음대로 되면
얼마나 좋을까.

실패는
웃고 있을 때 덥석 고해지고

불행은
평안한 한낮에 쳐들어온다.

비극은

결코 노크하는 법이 없다.

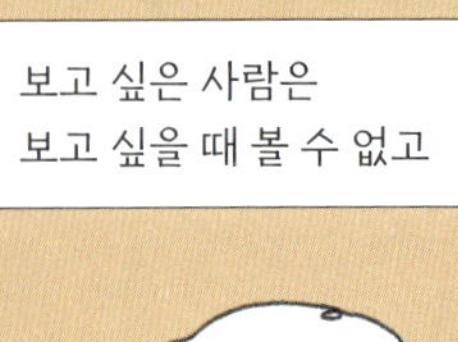

보고 싶은 사람은
보고 싶을 때 볼 수 없고

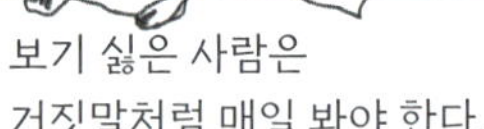

보기 싫은 사람은
거짓말처럼 매일 봐야 한다.

삶의 기본값이 고통이라지만,

그래도 그렇지.
이건 좀 너무하다.

마음이 부서지는 일은
잊을 만하면 생겨나고

번번이 그 부스러기들을
털고 일어나야만 한다.

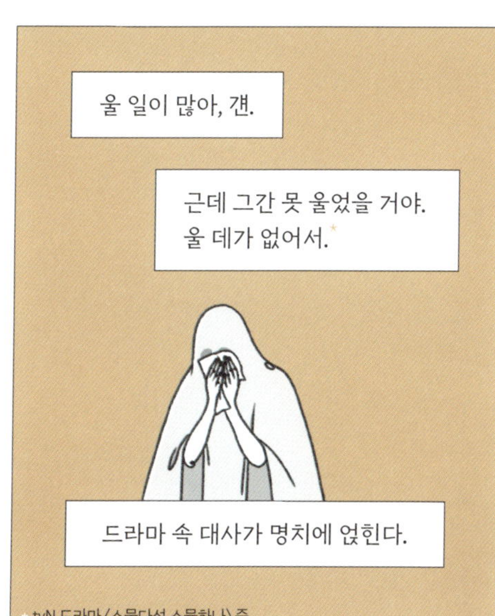
울 일이 많아, 걘.

근데 그간 못 울었을 거야.
울 데가 없어서.*

드라마 속 대사가 명치에 얹힌다.

* tvN 드라마 〈스물다섯 스물하나〉 중.

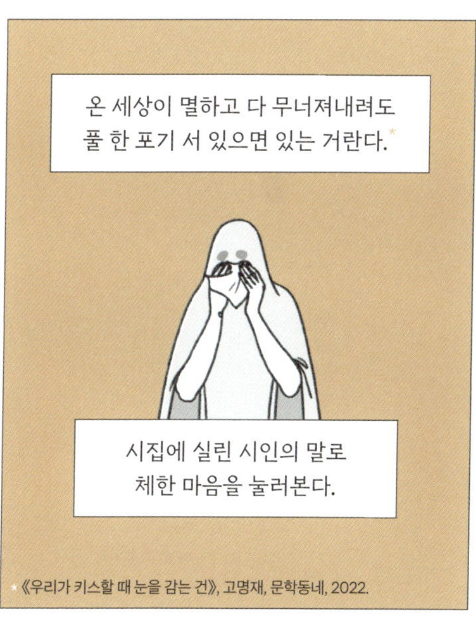
온 세상이 멸하고 다 무너져내려도
풀 한 포기 서 있으면 있는 거란다.*

시집에 실린 시인의 말로
체한 마음을 눌러본다.

*《우리가 키스할 때 눈을 감는 건》, 고명재, 문학동네, 2022.

파도에 모래성을 빼앗긴 것처럼
엉망진창이어도

우리 살아 있자.
같이 쌓으면 돼. 금방이야.

바다를 보면서
익숙하게 웃을 날이

분명히 올 것이라고.
믿는다. 믿고 있다.

나는 게으른 사람 중에선
가장 성실하고
성실한 사람 중에선
가장 게으르다.
따뜻한 아이스 아메리카노

퍼져 있고 싶다.
그렇지만 잘 살고 싶다.
나는 둘 다 원하는
욕심쟁이다.

누워 있으면
묘한 죄책감이 들고
일을 하면
냅다 눕고 싶다.

모르겠다.
언제부터 미루는 사람이 되었고
또 언제부터
잘 해내고 싶은 사람이 됐는지.

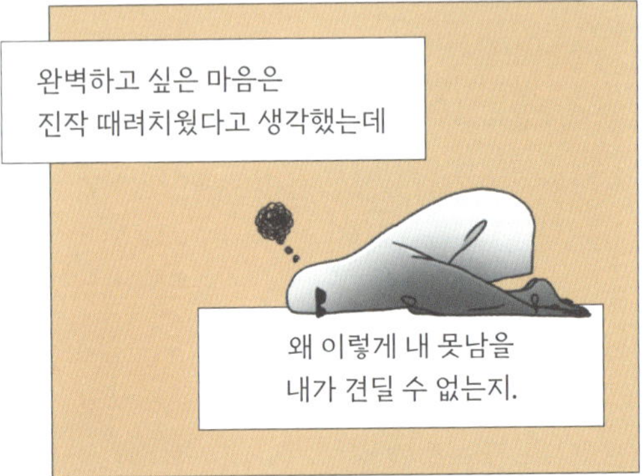

완벽하고 싶은 마음은
진작 때려치웠다고 생각했는데
왜 이렇게 내 못남을
내가 견딜 수 없는지.

아, 이런.
따뜻한 아이스 아메리카노
같은 인생이라니.

따뜻하면서 차가운 채로,
성실하면서 게으른 채로,
권태로우면서 두려운 채로
사는 중이다.

은근하게 데워진 게 아니라
얼음을 잔뜩 부었다가
더운물을 잔뜩 붓는 순서로
온도가 유지되고 있다.

뜨겁지도 차갑지도 않은
그런 사람도 있는 거겠지.

마구 뜨거웠다가
순식간에 차가워지는 사람도.

어떤 온도도 거짓이 아니듯이

내 모든 마음은
진짜로 거기에 그저 있다.

나는 반짝반짝 빛나는
사람들을 부러워했다.
반짝반짝한 삶이 아닌
나를 초라해하면서

나만 너무 많은 것을
감당하며 살고 있는 게 아닌가 하며
괜스레 억울하고 쓸쓸했던 날들.

세월이 지나며
나의 무지는 껍질을 벗고,

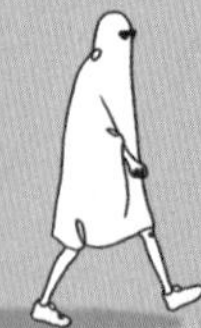

빛 뒤에 숨겨진 그림자를
여러 번 발견하는 일이 있었다.

빛나는 사람 뒤에는
지난한 사정이 있었고
이겨낸 단단함이 있었다.

다만 그에 붙잡혀
있지만은 않고
나아간 것이다.

밝은 곳으로, 밝은 곳으로.

세상 걱정 없을 것 같은 사람도

혼자만이 견디는
어두움과 아픔이 있더라.

그이와 깊은 대화를 나눈다.
빛의 꺼풀을 벗기고 벗긴다.

그 안에는 무광의 알맹이가 있고
그건 그이가 오래 빚은 굳건함이더라.

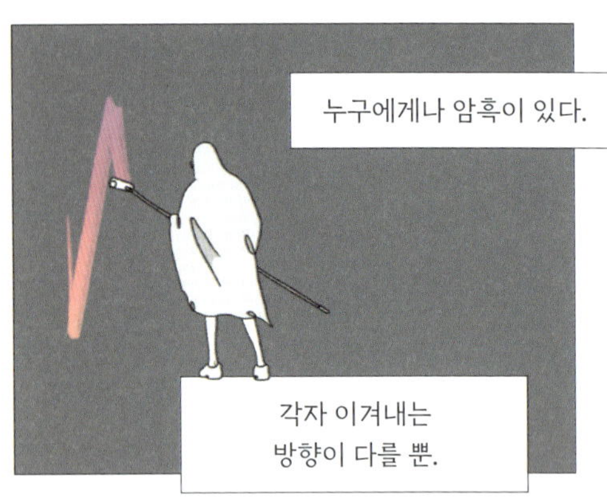

누구에게나 암흑이 있다.
각자 이겨내는
방향이 다를 뿐.

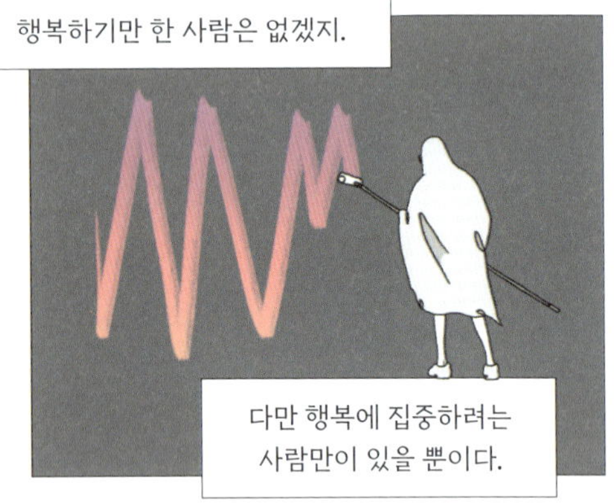

행복하기만 한 사람은 없겠지.
다만 행복에 집중하려는
사람만이 있을 뿐이다.

나는 이제
집중하려고 하고 있다.

낭만은 사실

근사한 낭비겠지.

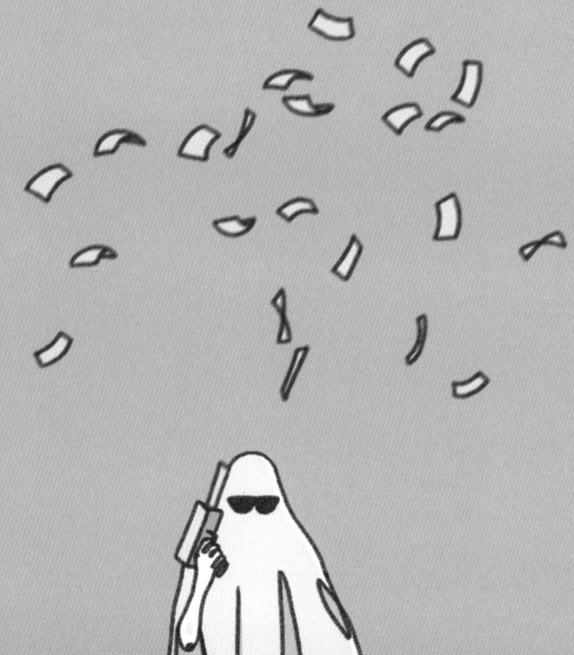

시간을 효율에 관계없이
마구 쓰는 거야.
능률만을 따지는 세계에서
그게 얼마나 우아한 일인지.

귀찮게 바다에 왜 가?
그냥, 바다가 보고 싶으니까.
번거롭게 캠핑을 왜 해?
그냥, 좋으니까.

차로 가면 되지. 왜 자전거를 타?
온몸으로 풍경을 보고 싶으니까.
갑자기 여행을 왜 가?
그것이 낭만이니까!

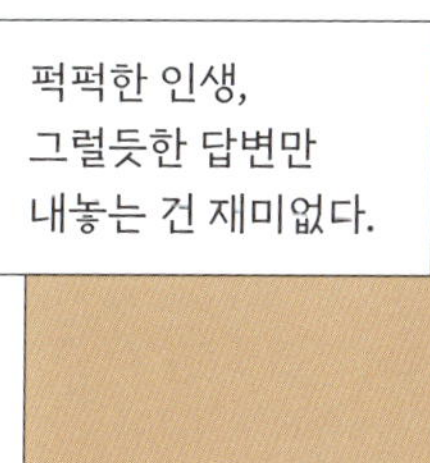

퍽퍽한 인생,
그럴듯한 답변만
내놓는 건 재미없다.

그냥, 좋으니까. 그거면 되지.
좋으려고 사는 거잖어.

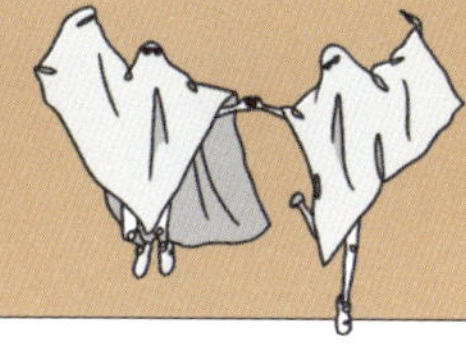

가끔은 이유 없이 꽃을 선물하고
기쁘면 길에서 작게 춤도 추고

굳이 손으로 편지를 쓸 거다.
그게 좋으니까.

빙글빙글 재미없는 세상에서
무뎌지지 않을 거야.

아름답고 무용한 것들을
오래도록 좋아할 거야.

나의 감각은 언제나
밝고 맑고 보드라운 것들을
기민하게 느낄 거고

그것을 주변 사람들에게
성의껏 나눌 것이다.

시간처럼 귀한 것들을
멋지게 낭비한다.

그것이 사치라면
나는 기꺼이 사치할 것이다.

무모하게 노래하고
내일이 없는 것처럼 즐길래.

그것이 낭만이니까!

조금 기울어진 채로

살다 보면 삶이 우리에게 예고해주지 않는다는 사실을 자주 실감한다. 준비할 시간을 주지 않은 채 예기치 못한 일이 벌어지고, 마음이 평온하다고 믿었던 날에도 불쑥 균열은 생긴다. 평온은 언제나 일시적이며 안심은 늘 조건부로 주어진다. 그래서 나는 어느 순간부터 삶을 완벽히 통제하려 애쓰기보다, 벌어지는 일 앞에서 와락 무너지지 않으려는 쪽을 택했다. 설령 모래성처럼 허무하게 무너지더라도 그 자리에 주저앉기보다, 다시 흙을 모아 쌓아 올리면 그만이라고 스스로를 다독이며 산다.

어차피 모든 일은 내 마음대로 되지 않는다. 노력한다고 해서 삶이 곧장 나아지는 것도 아니며, 애쓴 만큼의 보상이 정확한 수치로 돌아오지도 않는다. 그 차이는 대부분 내가 정할 수 없는 영역에 있음을, 나는 오랜 시간을 보내고 나서야 겨우 받아들였다. 인정하고 나니 비로소 삶이 조금 덜 잔인해 보였다. 실패가 곧 무능을 뜻하지는 않으며, 잘 풀리지 않는 날이 있으면 볕이 드는 날도 돌아오기 마련이다. 이렇게 외부의 파도를 어찌할 수 없음을 깨닫고 나니, 시선은 자연스럽게 내 안의 파동으로 향했다.

바깥세상을 내 마음대로 할 수 없듯, 나라는 사람의 상태 역시 단 하나로 규정할 수는 없는 노릇이었다. 성실하게 빛나는 날이 있는가 하면 속수무책으로 흐트러지는 날도 있는 법이다. 기운차게 세상을 향해 걷다가도 이유 없이 마음이 축 처지는 순간이 온다. 어느 쪽이 진짜 모습이냐고 묻는다면 둘 다 나라고 대답할 수밖에 없다. 마음은 일정한 온도를 유지하기보다 급격한 진폭을 견디며 버티는 것에 가깝다. 늘 최상의 컨디션을 유지하는 사람은 없으며, 우리는 그저 가능한 범위 안에서 저마다의 하루를 건너고 있을 뿐이다.

예전에는 반짝이는 순간들만이 삶을 증명한다고 믿었다. 눈에 띄는 성과나 타인이 선망하는 장면들 말이다. 하지만 사람을 오래 만나고 그들의 속 깊은 이야기를 듣다 보니 생각이 달라졌다. 겉으로 보이는 화사함 뒤에는 각자의 고단한 시간이 켜켜이 쌓여 있었다. 누구나 한 번쯤은 멈춰 섰고, 흔들렸으며, 길을 잃고 돌아 나왔거나 여전히 어두운 터널을 지나는 중이었다. 그것을 전면에 내세우지 않았을 뿐, 보이지 않는 그

늘진 시간들이 사람을 빚고 지금의 깊이 있는 얼굴을 만든다는 사실을 이제야 이해한다.

그래서 요즘은 내가 무엇을 이루었는지보다 무엇을 놓치지 않으려 했는지를 더 자주 돌아본다. 무언가를 해내고 싶다는 열망은 여전히 중요하며 그것이 나를 앞으로 밀어주는 동력이 된다는 점은 변함없다. 다만 그 과정에서 삶의 감각이 메말라가는 것은 원치 않는다. 성과만 남고 마음의 결이 닳아버린 상태로는 오래 걷기 어렵다는 걸 알게 되었기 때문이다. 성취하려는 의지와 살아 숨 쉬는 감각 사이에서 어느 한쪽을 희생하지 않으려는 태도가 지금의 나에게는 무엇보다 귀중해졌다.

나는 의식적으로 효율이나 쓸모를 따지지 않는 선택들을 일상 곁에 둔다. 남들보다 조금 더 걸리는 우회로, 꼭 필요하지는 않은 행동, 굳이 설명할 필요 없는 사소한 기쁨들. 그것들은 삶을 더 빠르게 만들지는 않지만 숨 쉴 수 있는 넉넉한 틈을 만든다. 이유 없이 좋다고 느껴지는 순간들이 층층이 쌓일수록 하루를 누르는 무게는 가벼워진다. 그런 무심한 시간들은 결코 낭비가 아니라, 나를 다시 일으켜 세우는 고요한 동력이 된다. 이런 여백이 있어야 우리는 다시 세상 속으로 기꺼이 뛰어들어 애써볼 힘을 얻는다.

삶은 앞으로도 자주 기울 것이고, 예고 없이 넘어지는 날은 반드시 다시 찾아올 것이다. 그때마다 모든 걸 완벽하게 해내려 자신을 몰아세우지는 않으려 한다. 대신 비틀거리면서라도 꿋꿋이 일어나 다시 걷는 쪽을 택할 것이다. 때로는 성실하게 빛을 향해 걷고, 어떤 날은 느슨하게 그늘을 밟으며 쉬어가는 식으로 말이다. 보폭과 방향이 조금 달라질 뿐, 아주 멈추지만 않으면 길은 계속된다. 완벽한 상태란 존재하지 않겠지만 계속해서 살아가는 방식은 분명히 있다. 나는 오늘도 흔들리면서, 그러나 영영 멈추지는 않고 걸어간다. 기울어진 쪽의 반대 방향으로. ▰▰

잘 지내요

누군가가
"요새 잘 지내세요?"
하고 물으면

망설임 없이
"네, 잘 지내요"라고 답합니다.

세 시간 전에는 몹시 불안했고
그제는 펑펑 울었어도

이 대답은 결단코 거짓이 아닙니다.

흔들리는 날이 있어도

그것이
나의 전부는 아닙니다.

울고 나서도 밥을 먹고
불안한 마음으로도 사람을 만나고
하루는 또 흘러갑니다.

예전의 나는 하나라도 흔들리면
모든 게 무너진 것처럼 굴었지만

이제는 압니다.

삶은 몇 개의 흔들림쯤을
안고도 계속된다는 걸요.

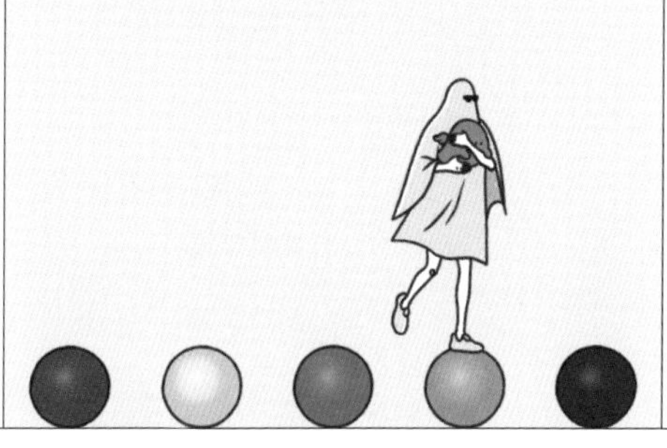
잘 지낸다는 말은
근심과 걱정이 하나도 없다는 뜻이 아니라,

그럼에도 하루를 건너왔다는
고백에 가깝다는 걸 이제는 알고 있습니다.

이 이야기는
끝내 균형을 완벽히 잡지는 못해도
살아지는 삶에 대한 이야기였습니다.

느슨하게 균형을 잡아도
결코 붕괴되지 않는 이야기요.

당신은 오늘
어떤 하루를 건너왔나요?

조금 울고
자주 흔들리고
그래도 여기까지 와 있는
당신의 오늘은 어떤 형상이었나요?

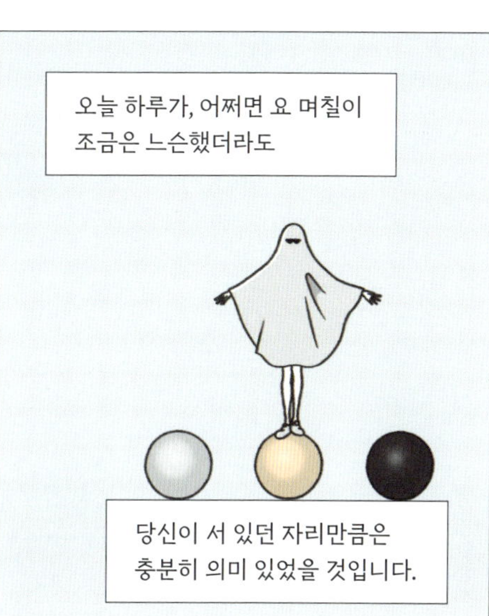

오늘 하루가, 어쩌면 요 며칠이
조금은 느슨했더라도

당신이 서 있던 자리만큼은
충분히 의미 있었을 것입니다.

우리의 흔들리는 삶이
너무 괴롭지는 않기를.

그리하여 우리의 인생이

조금은 기울어진 채로도
끝내 무너지지 않기를.

축복을 보냅니다.

느슨한 균형

불안과 기쁨, 슬픔과 행복 사이
삶의 온도를 맞추는 일

초판 1쇄 인쇄 2026년 3월 13일
초판 1쇄 발행 2026년 3월 25일

지은이 쑥
펴낸이 최순영

출판1 본부장 한수미
라이프 팀장 박혜미
편집 이문경
디자인 홍세연

펴낸곳 ㈜위즈덤하우스
출판등록 2000년 5월 23일 제13-1071호
주소 서울특별시 마포구 양화로 19 합정오피스빌딩 17층
전화 02) 2179-5600
홈페이지 www.wisdomhouse.co.kr

ISBN 979-11-7591-056-0 03810